仕事をめぐる愛と冒《ぼう》険《けん》
小手鞠るい

# 仕事をめぐる愛と冒険《ぼうけん》

# もくじ

ストーリー1

## 世界は仕事でできている

——『仕事大事典』

ストーリー1

# 世界は仕事でできている

## 『仕事大事典』

# たんぽぽの現在《げんざい》

八月の朝。
うーん、うーん、うーん。
わたしは三十分ほど前から、鉛筆《えんぴつ》を握《にぎ》りしめて、うなっている。
机《つくえ》の上に広げた作文用紙は、まっ白け。
まだ一文字も書けていない。
ああ、なさけない。
頭のなかには、書きたいことがいっぱい、詰《つ》まっているはずなのに。
夏休みは、あと一週間で終わってしまう。
ぶぅーん、ぶぅーん、ぶぅーん。
窓《まど》の外では、みつばちがうなっている。

うなっているのか、鳴いているのか、歌っているのか、わからないけれど、庭の花だんに咲《さ》いているコスモスの、花から花へと飛び交いながら、さかんに蜜《みつ》を集めている。

楽しそうだ、とっても。

まるでダンスをしているみたい。

あっ、そういえば――。

わたしは「みつばちのダンス」を思い出す。

二年前、小四の理科の時間に、先生が教えてくれた。

「みつばちは、花の蜜を見つけると、おしりを振《ふ》りながら、まず右回りに円を描《えが》くように飛んで、それから、左回りに円を描くようにして飛びます。そうすると、右回りの円と、左回りの円がつながって、8の字を描いているように見えるでしょ。だから、みつばちのこのような行動は『8の字ダンス』とも呼《よ》ばれています」

「先生！　はちだから、8なんですか」

誰《だれ》かがそんなことを言って、わたしたちは大笑いした。

この、みつばちの8の字ダンスは、仲間たちに「蜜がここにあるよ」って、教えるためのものらしい。

しかも、おしりを振《ふ》るスピードが速い場合、蜜《みつ》は近くにあって、スピードが遅《おそ》い場合には、蜜は遠くにあるんだって。

みつばちって、すごいなぁ。

あらためて、わたしは感心する。

あんなに小《ちい》ちゃな体で、ちゃんと仕事をしている。

蜜を集める仕事、だけじゃなくて、ダンスをして、仲間たちに知らせる、という仕事。


風に揺《ゆ》れているコスモスの花は、ピンク、濃《こ》いピンク、白、赤紫《あかむらさき》。

今年の春、ママとお兄ちゃんと三人で、種をまいて、水やりをして、たいせつに、たいせつに、育ててきた。

六月の終わりから咲《さ》き始《はじ》めて、今はほぼ満開に近い。

コスモスというと、秋の花っていうイメージが強いけれど、原産地はメキシコで、四月に種まきをすれば、こうして夏から咲いてくれる。

涼《すず》しげで、とっても元気な花だ。

折れた茎《くき》の根元からでも根を出して、それから新しい芽も出して、よみがえる。

風で横向きに倒《たお》れても、茎はくいっと頭を上げて、つぼみは花を咲かせようとする。

「強くて、優《やさ》しい花だよね」と、ママ。

「ママみたいだね」と、わたし。

「そういうのをお世辞《せじ》っていう」と、お兄ちゃん。

そんな会話もよみがえってくる。


ママも、お兄ちゃんも、わたしも、園芸が大好きなので、

「今年は何を植えようか」

「去年の種のほかに、新しい仲間も加えたいね」

「何がいいかな。どんな色にする？」

三人で話し合って、毎年、いろんな花を育てている。

コスモスの隣《となり》では今、ひまわりや朝顔《あさがお》や金魚草《きんぎょそう》や百日草《ひゃくにちそう》やダリアも咲いている。

花たちを見つめながら、わたしは思う。

植物の仕事って、なんだろう。

芽を出して成長することが、仕事なのかな。

成長して花を咲《さ》かせて、人を楽しませてくれたり、みつばちやちょうちょのために、花《か》粉《ふん》や蜜《みつ》を作ったりする。

花が咲き終わったら、種やフルーツを作る。

やっぱり、ちゃんと仕事をしている。

植物って、偉《えら》いな。


わたしは指さしながら、みつばちの数をかぞえてみる。

一匹《ぴき》、二匹《ひき》、三匹、四匹——あっ、また飛んできた！

きっと、誰《だれ》かが8の字ダンスをして、仲間たちに伝えたのだろう。

〈おいで、おいで、ここに、おいしいコスモスの蜜があるよ〉

〈わあ、すてきなお花〉

〈ああ、とってもいい香り〉

みつばちたちの会話が聞こえてきそうだ。

みんな、楽しそうに、楽しみながら、一生けんめい仕事をしている。

わたしの目にはそう映《うつ》っている。

うちのママとおんなじだ。

ママは、食品メーカーの会社で、管理職《しょく》をつとめている。

部下もたくさんいるし、海外出張《しゅっちょう》へもひんぱんに出かけている。

一生けんめい働いて、娘《むすめ》のわたしと、息子のお兄ちゃんを大きくしてくれた。


うちには、パパはいない。

正確《せいかく》に言うと、うちのなかにはいないけれど、うちの外には、いる。

パパはママと別れたあと、別の人と結婚《けっこん》して、別の家庭を築《きず》いている。

月に二、三度、わたしとお兄ちゃんは、パパたちの暮《く》らしているマンションへ遊びに行っている。

父の再婚《さいこん》した人の名前は、七実《ななみ》さん。

パパと七実さんのあいだには、子どもはいない。

ママがパパと離婚《りこん》した理由って、なんだったっけ?

あれ? 思い出せない。

説明してもらったけれど、まだ小一だったわたしには、理解《りかい》できなかった。

みつばちとコスモスをながめながら、想像《そうぞう》してみる。

もしかしたら、みつばちみたいに、一生けんめい働くのがママだけ、だったから?

パパはずっと家にいて、家事を一生けんめいしていたし、わたしたちのめんどうもよく見てくれたし、なんらかの仕事もしていたような気がする。

でも、パパの「なんらかの仕事」では、お金を稼《かせ》げなかった。

ママひとりが稼いだお金で、合計四人が生活していかないといけなかった。

ママは両肩《りょうかた》の上に大きな荷物を背負《せお》っていた。

楽しそうに仕事をしているように見えていたけど、本当はそうじゃなかった?

そうだ、きっと、それが離婚《りこん》の原因《げんいん》だったに違《ちが》いない。

っていうことは、ふたりが別れた理由は「仕事」だったってこと?

仕事がふたりの愛をこわしてしまったってこと?

ああ、いけない、いけない、こんなことを考えている場合じゃない。

わたしは、窓《まど》の外から机《つくえ》の上に、視線《しせん》を戻《もど》す。

カラフルなコスモスと、にぎやかなみつばちから、白い顔をしてじっと黙《だま》っている、ふきげんそうな作文用紙に。

夏休みの宿題のひとつが、この作文だ。

小学生の仕事は、勉強をすること、宿題をすること。

ということは、この作文を書くのは、わたしの仕事、なのかな。

文章を書くのは好きだし、自分では、作文はわりと得意《とくい》なつもり。

だけど、今回は、なかなかむずかしい。

理由は、この題名にある。

全員、この題名で書くように、と、先生から言《い》い渡《わた》されている。

よし、とりあえず、題名と学年と名前を書こう。

一行目に題名を、二行目に学校名と学年とクラスと、自分の名前を書いた。

## わたしの夢《ゆめ》

太陽第一小　6年B組　岡たんぽぽ

それから、机の上に鉛筆《えんぴつ》を置いて、腕組《うでぐ》みをする。

ふーん、と、鼻から息を出して、ため息をつく。

わたしの夢《ゆめ》か。

そもそも、夢って何？

先生が決めたタイトル――「わたしの夢」っていうのは、夜、眠《ねむ》っているときに見る夢ではない。

そんなことはわかっている。

「夢」とはきっと、自分のなりたいもの、つきたい職業《しょくぎょう》、大人になったら、やってみたい仕事ってことだろう。

それくらい、わかっている。

でも、それをこうして、作文に書こうとすると、わたしの頭のなかで、無数のことばたちがぐるぐるぐるぐる、ダンスを踊《おど》り始《はじ》める。

みつばちみたいな、意味や意義《いぎ》のあるダンスじゃない。

こんがらがって、からみ合って、もつれ合って、あっちへ行ったりこっちへ来たりしている、めちゃくちゃなダンス。

夢って、つかまえようと思ったら、するりとわたしの手を離《はな》れて、空へ舞《ま》い上《あ》がっていく風船、みたいなものなのかもしれないな。

風に吹《ふ》かれて形を変えてゆく、空の雲、みたいなものかもしれないな。

だから、夢をつかむってことは、つまり雲をつかむようなもの、なのかな。

いっぱいあるような気もするけれど、ひとつしかないような気もする、わたしの夢。

とにかく、書いてみよう。

だって、これがわたしの仕事なんだから。

いつだったか、ママは言っていた。

「小学生のころはね、夢は、大きければ大きいほどいいし、たくさんあればあるほどいい。センタクシがいっぱいあるって、すてきなこと。とくに、ひとつにしぼる必要はないと思うよ。自分の好きなこと、やりたいことがあれば、どんどんやってみればいい。冒険《ぼうけん》をするようにして、チャレンジしてみて。そうこうしているうちに、本当にやりたいことっていうのが、自然に、見えてくると思うよ」

センタクシってことば、どういう意味だったっけ。

ちょっと調べてみよう。

国語辞典を引いてみる。

あ、出てる、出てる。

【選択肢《せんたくし》——ある状況《じょうきょう》において、そのなかから選ぶことのできる対策《たいさく》や方針《ほうしん》のこと】

なるほど、なるほど。

わたしがスイミングスクールに通うか、英語教室に通うか、ふたつの選択肢のあいだで迷《まよ》っていたとき、だからママは両方に通わせてくれたのだろう。

夢《ゆめ》の選択肢はきっと、多ければ多いほどいいに違《ちが》いない。

いっぱいある夢を、ひとつ、ひとつ、たぐり寄《よ》せながら、わたしは作文を書き始めた。

——わたしの夢は、お店屋さんです。

最初の一行を書いたら、あとは、まほうにかかったかのようにすらすら書けた。

すごい。

これって、たんぽぽマジック？

やろうと思えば、なんでもできるんだ！

わたしの夢は、お店屋さんです。

大きくなったら、お店屋さんをオープンさせたいと思います。

どんなお店屋さんかというと、ケーキ屋さん、チョコレート屋さん、花屋さん、文ぼう具屋さん、本屋さん、あとはレストランなんかもいいなーと思います。

お客さまを「いらっしゃいませ！」と、笑顔でおむかえして、好きなものを見つけて買ってもらって、おいしい料理を食べて大満足してもらって、最後は「ありがとうございました。またいらしてくださいね」と、笑顔でお見送りするなんて、とってもすてきな仕事だと思うし、毎日がとっても楽しそうです。

フルーツパーラー、おむすびやさん、なんかもいいな。あと、おべんとうとかサンドイッチとか、なにか手づくりのものを作ってお店に出します。

わあ、楽しそう！

「仕事って楽しいけど、でも、楽しいだけのものでもないよ」と、ママはいつもそう言っています。

パパは「仕事だけが人生ではない」って言っています。

でもわたしは、仕事が好きです。

したこともないくせに、好きです。

会社でかつやくしているママは、わたしのほこりです。働きながら、かんきょう問題のことをいつも考えているママを尊敬《そんけい》しています。ママにはたくさんの友だちがいて、みんなから尊敬されています。ママは、赤ちゃんを産んで仕事をするのがたいへんになった人を助ける、という仕事もしています。ボランティア活動で、動物の愛護《あいご》にもつとめています。わたしはそんなママをすごく尊敬しています。

パパは、ママと別れたあと、七実さんとけっこんして、七実さんの仕事を手伝っています。七実さんは声優《せいゆう》さんで、パパはマネージャーをやっています。パパはママと別れて、七実さんとけっこんしてから、幸せそうです。

ママもパパと別れてよかったと思います。パパはママの仕事をあまりおうえんしていなかったからです。だから、わたしは大きくなったら、もしも、けっこんすることになったら、自分の仕事をおうえんしてくれる人とけっこんして、ふたりでお店を開きたいと思っています。

七実さんの仕事は、すごくかっこいいです。わたしは声優になるのは無理だと思いますが、アナウンサーになれる学校とかがあるのだったら通って、アナウンサーになりたいなーとも思っています。あとは、スイミングスクールのとなりにあるバレエ教室の先生がとてもきれいな人なので、バレリーナもいいなーって思うし、来年になったら、ピアノも習いたいなーって思っています。ピアニストもいいなー。レイチェル・カーソンみたいな科学者もかっこいいなー。

なりたいものが多すぎて、困《こま》っています。

世界にはたくさんの仕事があります。みつばちだって、コスモスだって、仕事をしています。世界は、仕事でできているのかもしれません。世界はきっと、ぶあつい『仕事大事典』みたいなものです。ページがたくさんあって、選択肢《せんたくし》が多いのです。だからひとつに決めるのは、むずかしいのです。それよりも、もっとむずかしいのは、道を作っていくことです。

「夢《ゆめ》を実現《じつげん》させるためには、ただ夢を見ているだけではなくて、そこへ向かっていく道を作っていかないといけない。勉強っていうのは、そのためにするものなの」

と、ママはいつも言っています。

夢を見ているだけでは、夢は何ひとつ、実現できないのかもしれないと思うと、ああ、だめだめだめと思います。

わたしは算数が苦手で、パソコンなども苦手なので、ママみたいに会社で仕事をすることはできないと思います。

仕事はやっぱり会社でするものなのでしょうか。

今度、お兄ちゃんに相談してみようと思います。

お兄ちゃんは今、高3です。

来年、どの大学を受験するか、もうすぐ、決めるそうです。パパのところにも、よく相談に行っています。

わたしは英語が得意《とくい》なので、英文学部に進んで、通訳《つうやく》やほんやくの仕事や、外国でできる仕事もしてみたいけど、どうすれば、そういう仕事につけるのかについては、よくわかりません。

夢《ゆめ》ってなんだろう。

みつばちとコスモスは、どんな夢を見ているのだろう。

今度、みつばちさんの巣におじゃまして、相談してみたいと思います。


〈終わり〉

# 独歩《どっぽ》の未来

妹のたんぽぽから「読んでみてー」と、頼《たの》まれていた作文を読み終えて、ぼくは「にかっ」と、笑ってしまった。

にこっ、ではなくて、あくまでも、にかっ、である。

どこがどう違《ちが》うのか、と問われても、我輩《わがはい》には答えられない。

まあ、無理やり、こじつければ「にこっ＝ほほえましい」「にかっ＝かわいいな」ということだろうか。

あれれ、これじゃあ、まったくおんなじか。

何はともあれ、あいつと来たら、まだ十二年くらいしか生きていないのに、こんなことを考えているのかと思うと、頬《ほお》の筋肉《きんにく》がゆるんでしまうのである、失礼ながら。

たんぽぽが、遠い未来か、近い将来《しょうらい》か、わからないが、大人になったらお店を開きたいと思っていることは、よく知っている。

保育園《ほいくえん》に行っていたころは、ケーキ屋さん、チョコレート屋さん、アイスクリーム屋さん、ドーナツ屋さんなど、お菓子系《かしけい》のお店が中心で、小二になったころから、読書が好きになったせいか、本屋さん、絵本屋さん、文房具屋《ぶんぼうぐや》さんなどに変化して、最近のあこがれは確《たし》か、レストランのオーナーではなかったか。

うん、作文にもそう書かれている。

明るくて、元気いっぱいで、愛想のいい子だから、サービス業は、彼女《かのじょ》に合っているのではないかと、無愛想な兄としては、ある種の尊敬《そんけい》をこめて、そう思っている。

七実さんにあこがれてアナウンサー、っていうのも想像《そうぞう》がつくし、バレリーナとか、ピアニストとか、通訳者《つうやくしゃ》とか、翻訳者《ほんやくしゃ》っていうのも、たとえばぼくが小学生だったとき、パイロットとか、宇宙飛行士《うちゅうひこうし》とか、総理《そうり》大臣なんかにあこがれていたのと、おんなじことだろう。

レイチェル・カーソンについては、ついこのあいだ、母に買ってもらった伝記を読んだせいだろう。

たとえば、ぼくがエジソンの伝記を読んで「将来《しょうらい》は発明家になる！」と息巻《いきま》いていたのとおんなじなのである。

しかし、それにしても――「世界はきっと、ぶあつい『仕事大事典』みたいなものです」なんて、小六にしては、表現力《ひょうげんりょく》が豊《ゆた》かというか、冴《さ》えているというか。


トントトトントン、スットントン！

ノックの音がして、ドアが勢《いきお》いよくあくと同時に、

「お兄ちゃん、読んでくれたー」

たんぽぽの声が飛びこんできた。

台所からは、チーズのとろけるような匂《にお》いが流れてくる。

今夜の晩《ばん》ごはんは、母の得意《とくい》なラザーニャだろう。

平べったい長方形のパスタと、トマトソースと、チェダーチーズを層《そう》のように重ねて、オーブンで焼く料理である。

「ああ、うん、一応《いちおう》。今ちょうど、読み終えたところ」

ベッドに寝転《ねころ》んでいたぼくは、がばっと起き上がって、居住《いず》まいを正す。

「どうだった？」

「ああ、うん、良かったよ、一応《いちおう》、じゃなくて、すごく。このまま提出《ていしゅつ》すれば、百点満点の六十八点くらいは、取れるんじゃない？」

なんて、いい加減《かげん》な数字を言ってみる。

「え？　六十八点しか、もらえないわけ？　そんなのいやだ。どこをどう直せば百点になるか、それを教えてくれなくちゃ、兄とは呼《よ》べない」

たんぽぽは、ぼくと違《ちが》って、けっこうな努力家なのである。

負けずぎらいと言うべきか。

「ああ、うん、それはまあ一応……その、ああ、うん、一応」

「しっかり指導《しどう》してよ。『ああ、うん、一応』が多過《おおす》ぎる！　居眠《いねむ》りしながら、読んだんじゃないの」

妹は鋭《するど》いのである。

「すみません」

なんで、作文を読んであげた兄が、読んでもらった妹に、謝《あやま》らなくてはならないのか、皆目《かいもく》わからないが、とりあえず謝っておく。

せきばらいをひとつして、空気を引《ひ》き締《し》める。

ここは兄として、きりっとした答えを返さねばなるまい。

「おまえね、文脈《ぶんみゃく》って、わかる？」

「ブンミャク？　何それ」

「うん、それはだな。文の脈ってことなんだけど、ほら、山脈って、山の脈だろ。それと同じように、文の脈っていうのがあるわけだ。言《い》い換《か》えると、文章の筋《すじ》というか、なんだろう、平たく言えば、作文の流れってことになるのかな。この作文の場合、その流れがところどころで、変になってると思うんだ」

「どこで」

ぼくは、作文用紙を妹に手渡《てわた》すと、その一部を指さしながら、説明を試みた。

「ここからここまでは、お店のことが書いてあって、母と父が出てくるわけだけど、ここで突然《とつぜん》、パパはママと別れたあと、って、話が急展開《きゅうてんかい》するだろ。それでまた急に、七実さんの仕事の話になって、最後の方では母に戻《もど》って『会社員はむり』っていうような展開《てんかい》だから、要するに脈が乱《みだ》れていて、流れについていけなくなるわけで……」

説明しているうちに、自分でも何が言いたいのか、わからなくなってきた。

文脈《ぶんみゃく》はやや乱《みだ》れているが、最後まで一気に読ませる力は、あったような気がする。ところどころ、支離滅裂《しりめつれつ》でありながらも、この作文には何か、大きな力のようなものがあった、という気もする。

おそらくその「何か」とは「あこがれ」なのではないか。

あこがれには、力がある。

あこがれは、人にも文章にも力を与《あた》えてくれる。

ぼくはそう思っている。

あこがれは人生を動かす。

でも、これらのことを妹にわかるように説明する力が、今のぼくにはないのである。

「そうか、だったら、こうすればいいんだ。まず、わたしの夢《ゆめ》についてばーっと書いたあとで、ママのこと、パパのこと、七実さんのこと、お兄ちゃんのことって、話を四つに分けて書けばいいんだ。そうすると、脈がつくよね。ママ山脈、パパ山脈、兄山脈って」

妹は賢《かしこ》い、頭がいい、理解力《りかいりょく》がある。

「そうだよ、そのとおりだ。それが言いたかったんだ」

「ああ、うん、わかった、一応《いちおう》！」

なんだよ、一応って、全部じゃないのか。

「あと、みつばちとコスモスのこと、もうちょっとくわしく書けば？　なんでそこで急に、虫と花が出てくるのか、わからなかった」

「わかった！　お兄ちゃん、サンキュ！」

「どういたしまして」

妹が部屋を出ていこうとしているとき、母から声がかかった。

「みなのもの、ディナータイムじゃ～」

今夜の母、時代劇《じだいげき》の口調が乗《の》り移《うつ》っている。

ラザーニャはイタリアンであるからして、時代劇はミスマッチなのである。

「ところで独歩《どっぽ》、受験校、決めた？」

母は、大きなサラダボウルの中身をぐるぐるかきまぜながら、ぼくに尋《たず》ねる。

サラダの基本設定《きほんせってい》をしたのは、我輩《わがはい》である。

ケール、ブロッコリー、きゅうり、ピーマン、セロリ。

きょうは、グリーンサラダで決めてみた。

レッドサラダの日は、レッドリーフレタス、レッドキャベツ、ラディッキオ、トマト、ラディッシュ、赤たまねぎ、赤ピーマン、人参になる。

イエローサラダは、チコリとチーズとゆで卵《たまご》と、たまに食用の妹——たんぽぽ。

我《わ》が家《や》では、メインの料理、サラダ、デザートを、三人でかわりばんこに作っている。

それはさておき、受験校。

「ああ、うん、一応《いちおう》……」

夏休みが終わって、二学期の始まる日、各自の大学受験希望校を書いた用紙を提出《ていしゅつ》することになっている。

その後、先生とぼく、先生と保護者《ほごしゃ》、の二回の面談会があって、最終的な受験校を決定する、という流れになっている。

つまり、一枚《まい》の用紙と、二回のミーティングで、ぼくの未来はほぼ固まってしまう。

「ついに決めたんだ、お兄ちゃん、偉《えら》い」

「では、決定結果を発表せよ」

ぼくは、目の前の自分の皿に、サラダを取り分けながら、学校名を三つ、並《なら》べる。

大学もばらばらだし、学部もばらばらばらである。

たぶん先生からは、そこを指摘《してき》されるだろう。一貫性《いっかんせい》がないのではないか、と。

「へえ、そうなの、じゃ、ちゃんと三つに絞《しぼ》れたんだ。いいんじゃない、それで。学部も、法学部、環境《かんきょう》科学部、コミュニケーション学部って、三つあるのがユニークでいいよ」

母はあっさり、そんなことを言う。

柔軟性《じゅうなんせい》のある人なのである。

「大学って、大学名で選ぶものじゃないしね。それに、学部もね、高三の段階《だんかい》では普通《ふつう》、決められないよ。入って、実際《じっさい》に勉強してみて、自分に合わないって思ったら、別の学部に移《うつ》るっていうやり方だって、ありだと思うよ。学部の冒険《ぼうけん》、大いにけっこう！」

これは、母の経験《けいけん》から得《え》た知恵《ちえ》であり、経験に基《もと》づいた意見なんだろう。

学部の冒険か。

いいこと言うなぁ。

言ってくれるなぁ。

それでこそ、ぼくの母親なのである。

「そうだよね、つまり、ぼくの未来はそのまんま、冒険ってことだよね」

「じゃあ、わたしの夢《ゆめ》も全部、未来の冒険《ぼうけん》だね。お店を開くってことは、そのまんま冒険ってことだ！」

無邪気《むじゃき》なたんぽぽは、無邪気に夢を語るのである。


母は日本の大学の文学部に入って、二年間、英文学を学んだあと、アメリカの大学に編入学《へんにゅうがく》して、経営学《けいえいがく》を学んだ。

つまり、文学から経営《けいえい》に転向した、というわけである。

結果的にそれは大成功して、今の母の、会社での仕事があり、キャリアがある。

ふぅふぅ言いながら、熱々《あつあつ》のラザーニャを食べているさいちゅうに、妹が言った。

「ねえねえ、ところで、お兄ちゃん。このあいだ、パパのところに相談に行ったでしょ。パパのアドバイスって、役に立った？　どんなアドバイスをしてもらったの」

妹は、痛《いた》いところを突《つ》いてくる。

「あ、それ、私《わたし》も知りたい」

と、好奇心《こうきしん》丸出しの母。

うちの両親は、夫婦《ふうふ》としては別々《べつべつ》の道を歩いているが、今は友だち同士《どうし》である。

そういうふたりを、ぼくはひそかに尊敬《そんけい》している。

若《わか》かりしころの父は、脚本家志望《きゃくほんかしぼう》だった。

本人もそう言っていたし、母もそう言っていた。

ふたりは同じ大学で学んでいて、母は文学部・英文学科、父は芸術《げいじゅつ》学部・演劇《えんげき》学科の学生だった。

運命的な出会いがあり、熱烈《ねつれつ》な恋愛《れんあい》があって、母がアメリカへ留学《りゅうがく》していたときには、遠距離《えんきょり》恋愛物語が盛《も》り上《あ》がって、母の帰国を待って結婚《けっこん》して、ぼくが生まれたころにはまだ、ふたりのあいだには、愛の炎《ほのお》が燃《も》え盛《さか》っていたのではないかと、推察《すいさつ》する。

しかし、炎というのはいつか、消えてしまう運命にある。

いや、もちろん、一生、消えないこともあるのかもしれないが。

これも、あくまでも、ぼくの推察に過《す》ぎないが、会社でばりばり活躍《かつやく》し、順調に昇進《しょうしん》を続けている母のかたわらで、育児と家事に明《あ》け暮《く》れながら、なんとか脚本家として成功したいとがんばっていた父は、その途中《とちゅう》で、プツン、と切れてしまったのではないだろうか。

息が切れる、というか、がまんの糸が切れる、というか。

父はそれを「自分の限界《げんかい》を知った」と語り、母はそれを「挫折《ざせつ》した」と語っていた。

父の心境《しんきょう》は、アメリカで何度もリメイクされている映画《えいが》『スター誕生《たんじょう》』の、男の心境に似《に》ているのではないかと、ぼくは思っているが、いかがなものだろう。

人一倍がんばり屋で、不可能《ふかのう》をどんどん可能に変えていく、堅実《けんじつ》な現実主義者《げんじつしゅぎしゃ》の母とは対照的で、父にはどこか、ふわふわっとした、夢見《ゆめみ》がちな、世間知らずなところがある。

まあ、これが、息子から見た父の、いいところでもあるのだが。

母によればそれは「無責任《むせきにん》な生き方」にもなる。

一方、再婚《さいこん》した相手の七実さんは、ぼくの目には「おもしろがり屋」に見えている。

彼女《かのじょ》は、なんでもかんでも、おもしろがって、楽しんでしまえる。

言ってしまえば、自由奔放《ほんぽう》な性格《せいかく》をしている。

だから、七実さんは、父のことも、父の考え方や生き方も、おもしろがってしまえるのだろう、きっと。

堅実な母とは、そこが違《ちが》う。

父はいつもこう言っていた。

「おれには、組織《そしき》に縛《しば》られた生き方はできない」

「おれは、会社や社会の奴隷《どれい》になりたくない」

ぼくに「独歩《どっぽ》」という名前をつけてくれたのは、父である。

「有名な大学へ行って、有名な会社に入るだけが人生の成功じゃない。会社に自分の未来を託《たく》すなんて、もったいないし、夢《ゆめ》がない」

他人に頼《たよ》らず、自分の力で道を切り開いていく——「独立《どくりつ》独歩」は父の好きなことばで、父の好きな作家は、国木田独歩《くにきだどっぽ》なのである。

明治時代に活躍《かつやく》した国木田独歩は、教師《きょうし》、新聞記者などを経《へ》て作家になった人だが、詩人でもあり、小説家でもあり、ジャーナリストでもあり、雑誌《ざっし》の創刊者《そうかんしゃ》でもあり、編集長《へんしゅうちょう》でもあった。

一時期は、十二誌《し》の編集長をつとめていたという。

ペンネームも、七つくらい持っていたという。

なんて、エネルギッシュで、多才な人物なんだろう。

国木田独歩がつぎつぎに創刊した雑誌のなかには、時代を越《こ》えて、今もなお刊行《かんこう》されているものがあるというから、驚《おどろ》き桃《もも》の木《き》である。

そんなわけで、我《わ》が息子に独歩という名前を与《あた》えた父は、自分も見事に「我が道をゆく」を貫《つらぬ》いているように見える。

母がときどきふっと漏《も》らしている「落伍者《らくごしゃ》」ではないように、ぼくには思えている。


妹のこしらえた、くるみとカシューナッツ入りのクッキーが焼き上がった。

「ところで、お兄ちゃん」

三人でデザートを食べながら、ひとしきり、まったく別の話題で盛《も》り上《あ》がっていたのだが、ふたたび突然《とつぜん》、妹が話の矛先《ほこさき》を良からぬ方向に向けてくる。

「パパのアドバイスって、なんだったの、結局」

さっき、この話題になったとき、母にかかってきた電話があって、タイミング良く、うやむやにできていたのに、たんぽぽめ、余計《よけい》なお世話を焼くのが得意《とくい》な妹である。

焼くのは、クッキーだけでいいんだよ。

「あ、そうそう、それそれ、それが知りたかった」

と、母も、余計なことを思い出すではないか。

はてさて、困《こま》った。

困ったものである。

あの日、父がぼくにくれたアドバイスを、そのまんま、ここで言ってしまっていいわけがない。

いいわけはないが、言わないわけにはいかない。

ぼくは嘘《うそ》はきらいだし、親や妹に嘘をつく子ではいたくない。

だからといって、本当のことを何もかも話してしまって、母が悲しんだり、怒《おこ》ったりする姿《すがた》を見たくはないし、かわいい（うん、まあ、一応《いちおう》）妹に、心配をかけるような発言はつつしみたい。

我輩《わがはい》は迷《まよ》った。

夏目漱石《なつめそうせき》風に言うと、我輩は迷い猫《ねこ》である。

父からアドバイスをもらったあの日あのとき以来、ぼくの胸《むね》に芽生《めば》えている、この小さな秘密《ひみつ》。

いや、これは大きな秘密かもしれない。

もしかしたら、ぼくは――

ぼくは、大学へは――

# 吹雪《ふぶき》の過去《かこ》

もしかしたら、ぼくは――

ぼくは、大学へは――


そこまで書いて、金森吹雪はパソコンの前から、ぱっと立ち上がった。

あっ！　帰ってきた！

ガレージに、愛する夫モーガン、こと、モーちゃんの車が滑《すべ》りこんでくる音。

この音を耳にすると、吹雪は、家のどこで何をしていても、反射的《はんしゃてき》にそれをストップして「お帰りなさい」のあいさつとハグをするために、すっ飛んでいく。

ここはアメリカ。

モーガンと吹雪の暮《く》らしている家は、ニューヨーク州の森のなかにある。

吹雪の仕事部屋は、家の二階にある。

当然のことながら、ガレージは一階にある。

吹雪は階段《かいだん》を駆《か》け下《お》りていく。

ガレージから家に通じているドアの前で、愛のお出迎《でむか》えとハグハグ。

これが、モーガンの妻《つま》として、吹雪の心がけている、唯一《ゆいいつ》の妻らしいおこない。

それと言うのも、恋人《こいびと》時代から、吹雪はモーガンに、こう言われ続けてきた。

「苦手な家事はしなくていい。家事は、きみが気分転換《てんかん》をしたいときだけ、適当《てきとう》にやればそれでいい。そうじと洗濯《せんたく》は、機械に任《まか》せておけばいい。買い物も料理も、基本的《きほんてき》には僕《ぼく》に任せてくれたらいい。きみはただ、書く仕事に専念《せんねん》してほしい。僕は、仕事で輝《かがや》いているきみが、世界でいちばん好きなんだ」

こんなことを言われたら、モーレツに仕事をがんばるしかなくなる。

牛のようにモーモー言いながら、働きたくなる。

モーッ、書けない。

モーッ、書けた。

モーッ、まだ十枚《まい》しか書けてない。

モーッ、百枚、書けたぞー。

作家の日常《にちじょう》はほぼ、牛のような歩みで過《す》ぎてゆく。

吹雪《ふぶき》は、アメリカでは無名だけれど、日本では、少数ながら熱心な読者に愛されている作家、自称《じしょう》「なんでも屋さん」である。

別名は「文章のお店屋さん」――。

お店の品揃《しなぞろ》えは豊富《ほうふ》である。

依頼《いらい》されたら、なんでも書く。

テーマは問わない。

ジャンルも問わない。

枚数《まいすう》も原稿料《げんこうりょう》も関係ない。

絵本の原案も書くし、詩も書くし、童話も書くし、大人向けの小説も、エッセイも、ノンフィクションも書く。

ときには翻訳《ほんやく》だってする。

ついこのあいだも『お金たちの愛と冒険《ぼうけん》』という、お金をテーマにした壮大《そうだい》な作品を書いたばかりだ。

お金には無頓着《むとんちゃく》で、数字にきょくたんに弱い自分に、こんな作品が書けるとは思ってもみなかった。

しかし、ひとたび書き始めると、たちまち夢中《むちゅう》になってしまい、気がついたら、できあがってしまっていた。

今までの記録を塗《ぬ》りかえるほどのスピードで、書き上げることができた。

これぞ、吹雪マジック。

とにかく「書くこと」が好きで、好きでたまらない。

文字を書いているだけで、幸せだ。

請求書《せいきゅうしょ》を書いていても、幸せだ。

数字の苦手な吹雪は、十万円を百万円と書いてしまうことがあるものの。

作家の仕事は、文字を書くことだ。

書くことが仕事である作家とは、吹雪の天職《てんしょく》であるに違《ちが》いない。

おいしい料理を作るよりも、おいしい小説を書いて、美しい本にして出版《しゅっぱん》してもらい、お金をたんまり稼《かせ》いで、そのお金を、投資《とうし》のうまいモーガンに何倍にも増《ふ》やしてもらって、ふだんの生活はきわめて質素《しっそ》にしているけれど、ふたりで毎年、何度か、ぜいたくな外国旅行へ。

そんなライフスタイルが確立《かくりつ》して、久《ひさ》しい。

吹雪《ふぶき》は、今の自分と、自分の人生と、ふたりきりの生活に大満足している。

好きな仕事があって、好きなパートナーがいて、好きな国の、好きな森の家に住んで、好きなところへ旅に出かけることができる。

これ以上の幸せがあるだろうか。

ない。


「モーちゃん、お帰りー、会いたかったよー」

まるで長年、会っていない恋人《こいびと》を出迎《でむか》えているようではないか。

今朝もゆうべもおとといも会っていいいたのに。

「僕《ぼく》もだよ、フーちゃん、元気だった?」

吹雪は「フーちゃん」と呼《よ》ばれている。

元気に決まっている。

こうして無事、愛する夫が家に帰ってきてくれただけで、うれしい。

窓《まど》の外では雪がちらついているのに、家のなかはぽかぽかの春気分。

「モーちゃんの仕事はうまく行ったの」

「ああ、万事オーケイ!」

モーガンは腕利《うでき》きの弁護士《べんごし》だ。

車で三十分ほど離《はな》れた町に、オフィスがある。

彼《かれ》はそのオフィスの経営者《けいえいしゃ》であり、投資家《とうしか》でもある。

「お疲《つか》れさま」

モーガンのジャケットをフックに掛《か》けながら、吹雪は思う。

仕事って、本当に大事だ。

かけがえのない、神様みたいな存在《そんざい》だ。

ふたりの幸せを作ってくれたのは、ふたりの仕事だ。

仕事は「事」に「仕える」と書く。

吹雪の定義《ていぎ》によれば、仕事とは「好きで得意《とくい》な事」に、自分の一生を「捧《ささ》げる」ということ。

これって、愛に似《に》ている。

「どっかりと積もる前に、帰ってこられて良かったね」

「雪はさ、あたたかい家のなかから、眺《なが》めているに限《かぎ》るね」

「ふたりで見ていると、ひとりのときより、きれいに見えるよね」

「ふたりのあいだに愛があるからだよ」


雪景色に目をやりながら、吹雪《ふぶき》は遠い過去《かこ》に思いを馳《は》せる。

今のこの幸せは、私《わたし》たちがそれぞれ、自分の夢《ゆめ》を実現《じつげん》するために、猛烈《もうれつ》に、がむしゃらに、がんばってきた過去の日々《ひび》があってこそのもの。

苦しいこと、くやしいこと、なさけないこと、腹《はら》の立つこと。

失敗、挫折《ざせつ》、絶望《ぜつぼう》、苦悩《くのう》、辛酸《しんさん》。

いやなことは、それはもう（モーッではない）満天の星みたいに数えきれないほどあったし、涙《なみだ》なんて、ナイアガラの滝《たき》くらいの分量、流してきたと思う。

書く原稿《げんこう》、書く原稿、没《ぼつ》にされて、仕事の依頼《いらい》も来なくなって、この先、いいことなんて何もない、と、悲観的になっていた日々もあった。

思い返せば、大学時代から作家になる前まで、生活費《せいかつひ》を稼《かせ》ぐために、吹雪はいろんなところでアルバイトをしてきた。

美容院《びよういん》、ブティック、学習塾《がくしゅうじゅく》、家庭教師《きょうし》、書店、出版社《しゅっぱんしゃ》、模擬《もぎ》試験の制作《せいさく》会社、保育園《ほいくえん》、図書館、資料館《しりょうかん》、花屋、ケーキ屋などなど。

まさに「仕事のカタログ」が作れそうなほど。

美容院では朝から晩《ばん》まで、床《ゆか》に落ちたお客様の髪《かみ》の毛《け》をほうきで掃《は》いていたし、資料館では朝から晩まで、来館者のリクエストに応《こた》えて、コピー取りをしていた。

保育園では、子どもたちのおしめを取《と》り替《か》え、げろのしまつをし、絵本を読んで聞かせてあげた。

花屋では、手に霜焼《しもや》けとあかぎれを作り、ばらのとげにさされまくり、絆創膏《ばんそうこう》が手離《てばな》せなかった。

書店のレジでは、一万円札と千円札を間違《まちが》っておつりを渡《わた》してしまい、その月のバイト代から九千円、引かれてしまった。

それでも、働くということが、吹雪は好きだった。

セクシャルハラスメントも経験《けいけん》したし、パワーハラスメントも、契約違反《けいやくいはん》も、名誉毀損《めいよきそん》も、裏切《うらぎ》りも、経験した。

でも、過去《かこ》の経験はすべて、あとで、小説のなかに生かすことができた。

過去は作家の財産《ざいさん》なのだ、と、吹雪《ふぶき》は思う。

作家だけじゃない。

どんな仕事においても、過去はその人の財産であるに違《ちが》いない。

長くて、つらい、あの過去があったから、今のこの黄金の幸福がある。

長くて寒い冬のあとに、春がやってくるのと同じように。

モーガンとふたり、仲良くキッチンに立って、湯豆腐《ゆどうふ》を作った。

豆腐《とうふ》のほかには、はるさめ、白菜、ほうれん草、しいたけ、大根、人参も用意した。

湯豆腐というよりは、豆腐鍋《なべ》と呼《よ》ぶべきか。

「冬は鍋物《なべもの》に限《かぎ》るねー」

鍋に残った汁《つゆ》で雑炊《ぞうすい》を作る。

アメリカ人ではあるものの、日本で生活したことのあるモーガンは、和食や日本の食べ物が大好きだ。

食後は、ハーブティーを用意し、モーガンが買ってきたアップルパイを食べながら、暖《だん》炉《ろ》の前に座《すわ》っておしゃべり。

「ところで、このあいだから書き始めた原稿《げんこう》は、あのあと、うまく進んでる?」

「うん、まあ、一応《いちおう》ね」

あ、独歩《どっぽ》の口調が移《うつ》ってる!

苦笑いをしながら、吹雪は、登場人物と物語のあらすじを説明した。

こういう時間が好きだ。

物語がふくらんでいくような、この感覚が好きだ。

モーガンに聞いてもらうことによって、ストーリーの骨格《こっかく》がしっかりとしたものになっていくような気がする。

ときどき、相槌《あいづち》を打ちながら、モーガンは愉快《ゆかい》そうに笑う。

「へええ、今度は、たんぽぽと独歩っていうんだ。脚韻《きゃくいん》を踏《ふ》ませたな。前は確《たし》か、あかねと金太《かなた》だったね。それにしても、そのたんぽぽって女の子、昔のフーちゃんに、ちょっと似《に》てない?」

「うふふふ、似《に》てるかも」

そういえば私《わたし》、子どものころ、お店屋さんにあこがれていたんだった。

「独歩《どっぽ》のパパの信条《しんじょう》、ちょっと僕《ぼく》に似てない？」

「あははは、似てる似てる」

会社に一生を縛《しば》られたくない、僕が会社を縛ってやる、というのが若《わか》かりしころのモーガンの口癖《くちぐせ》だった。

「ママのキャリアも、途中《とちゅう》まではわりと、僕に似てるよね」

「確《たし》かに」

モーガンは文学部の哲学科《てつがくか》を卒業したあと、大学院に入って、経営学《けいえいがく》と金融《きんゆう》の勉強をした。

哲学者から実業家へ。

考える人からお金を操《あやつ》る人へ。

なんとも華麗《かれい》な転身ではないか。

「七実さんも、ちょっと、きみみたいな感じかな。いや、独歩のパパがきみか」

「そういえば、脚本家《きゃくほんか》を目指して挫折《ざせつ》するところなんて、そのまんま過去《かこ》の私だ」

「じゃあ、独歩のパパも、あとで成功するの」

「それはまだ、わからない。書いてみないと、なんとも言えないかな。ふわふわっとした、夢見《ゆめみ》がちな性格《せいかく》っていうのは、けっこう私っぽいね」

「いや、たんぽぽの性格がそのまんま、きみだよ」

「はちゃめちゃで、支離滅裂《しりめつれつ》なところ！ ほんと、そっくり！」

要するに、吹雪《ふぶき》の作ったキャラクターはどれも、吹雪の分身であり、モーガンの分身でもある、ということだろう。

「どんな人物を作っても、どこかに、自分や身近な人が投影《とうえい》されているんだと思う。ストーリーもね、できごともね、エピソードもね、過去に自分の体験したことがなんらかの形で生かされているんだと思う」

「過去って、作家の財産《ざいさん》ってことなのかな」

ついさっき、吹雪が考えていたことを、モーガンが口にした。

「そうそう、そのとおり！ 過去があるから、今がある。仕事っていうのは、過去の苦労の積み重ねによってできあがっていく、とも言えるかな」

「今があるから、未来がある」

「未来には、夢《ゆめ》と冒険《ぼうけん》がある」

「あ、もうひとつ、忘《わす》れちゃいけないことがある」

「何？」

「愛だよ、愛」

「愛がなければ、いい仕事はできない」

「仕事と愛が幸せな人生を作る」

吹雪《ふぶき》の書いている作品のテーマ——「仕事論《ろん》」で、その夜の夫婦《ふうふ》の会話はひとしきり盛《も》り上《あ》がったのだった。


さあ、書くわよ！

モーガンに「おやすみ」を言って、ほっぺにキスをしたあと、吹雪は仕事部屋に閉《と》じこもった。

窓《まど》の外は吹雪。

家のなかも吹雪。

しかもどちらもモーレツ。

好きな仕事だから、吹雪は真夜中までだって、平気でやっていられる。

もしかしたら、ぼくは――

ぼくは、大学へは――

まず、その続きを、吹雪はこう書いた。

確信《かくしん》を持って書いた。

自信を持ってキーボードを叩《たた》いた。

大学へは、行かないかもしれない。

23:01

ストーリー2

# 仕事ってなんだろう

## 『仕事のトリセツ決定版《けっていばん》』

# 吹雪《ふぶき》とモーガン、業務中《ぎょうむちゅう》

北海道とほぼ同じ緯度《いど》に位置するニューヨーク州の冬は、やたらに長い。

十一月の終わりから、四月の終わりまでは、毎日が雪スノウゆきユキ。

吹雪は、ぶあつく積もった雪に閉《と》じこめられて、朝から晩《ばん》まで、せっせと原稿《げんこう》を書いている。

きょうも仕事、きのうも仕事、あしたもあさっても、仕事ワークしごとシゴト。

冬は本当によく、仕事がはかどる。

冬のあいだに思うぞんぶん仕事をしておいて、春・夏・秋は、好きなガーデニングや山歩きや小旅行などを最優先《さいゆうせん》にしたスケジュールを組んでいる。

年がら年中、仕事ばかりしている人生なんて、つまらない。

仕事をしていない時間も、大いにエンジョイするべき。

いい仕事をするためには、いい休暇《きゅうか》を取ることが大事だ。

思いきり遊んだり、リラックスしたりする時間が必要だ。

楽しい休暇を過《す》ごすために、日々《ひび》の仕事に励《はげ》み、がんばり、努力する。

言《い》い換《か》えると、仕事とは楽しい休暇のためにこそするもので、しかしながら、楽しい休暇もまた、仕事のためにこそ取るべきである。

よく働き、よく遊べ。

これが吹雪の最近のモットーになっている。

楽しい休暇を過ごせば、楽しい休暇をテーマにした小説だって書ける。

つまり、仕事と休暇の関係は、恋愛《れんあい》と同じ、と言ってもいいだろうか。

互《たが》いに、相手のことが好き、同じくらい好き、尊重《そんちょう》し合っている。

仕事と休暇は、愛し合う関係なのだ。


きょうは日曜日。

幸いなことに、雪は止んで、気持ちのいい青空が広がっている。

愛するパートナーのモーガン、こと、モーちゃんの仕事は休みなので、吹雪も久々《ひさびさ》に仕事を休むことにした。

「ねえ、モーちゃん、私《わたし》、このところ、締《し》め切《き》りが重なって、がんばり過《す》ぎて、パンク寸《すん》前《ぜん》なんだけど……」

いっしょに朝ごはんを食べているとき、そう言った吹雪《ふぶき》を、モーガンはすかさず、デートに誘《さそ》った。

「それはいけないね。よし、じゃあ、お昼はCIA《シーアイエー》へ行こう！　CIAでデートだ」

CIAというのは、アメリカの中央情報局《じょうほうきょく》——Central Intelligence Agency の頭文字を取った略称《りゃくしょう》で、このふたりは実はCIAで働くスパイ夫婦《ふうふ》だったのである。

ふたりは、日本の各種機密情報《きみつじょうほう》を収集《しゅうしゅう》して、それをアメリカに流している。

なぁんてことは、小説のなかでも起こらないし、現実《げんじつ》の世界でも、まあ、あんまり起こらないだろう。

いや、小説のなかでは、けっこう起こるか。

「わあ！　うれしいな。CIAでおいしいものをいっぱい食べたら、また元気がもりもり出そうだ！　思いっきりおしゃれをして行かなくちゃ」

というわけで、雪道に車を走らせて、ふたりが向かっているCIAとは、アメリカ料理研究所――The Culinary Institute of America に付属《ふぞく》しているレストランなのである。

このレストランは、CIAで料理を学んでいる学生たち、つまり、将来《しょうらい》はスパイ、じゃなくて、シェフやレストランの経営者《けいえいしゃ》になることを目標にしている学生たちが、実益《じつえき》と実習を兼《か》ねて運営《うんえい》しているお店である。

キャンパス内には、フランス料理、イタリア料理、アメリカ料理の三店舗《てんぽ》があり、ほかにも、軽い食事のできるカフェレストランや、一般客《いっぱんきゃく》も利用できる学生食堂《しょくどう》もある。

料理をするのも、テーブルにお客を案内するのも、料理を運んでいくのも学生たちだ。シェフやオーナーを目指していても、ウェイターの仕事を経験《けいけん》しておくことによって、さまざまな実践的《じっせんてき》な知識《ちしき》や知恵《ちえ》が得《え》られる、というわけだ。

そんなわけで、ふたりは今、CIAのイタリアンレストランのテーブルで、向かい合っている。

「料理の勉強をしながら、同時に、レストランの現場《げんば》を経験できて、経営《けいえい》のノウハウも学べるわけだから、一挙両得《いっきょりょうとく》、じゃなくて、一挙三得くらいの価値《かち》があるかもね」

「一石三鳥《いっせきさんちょう》かな」

「あ、モーちゃん、そのことば、使用禁止《きんし》。小鳥がかわいそうだよ。石をぶつけて小鳥を落とそうとするなんて、最低だよ。動物愛護者失格《あいごしゃしっかく》」

「失礼いたしました」

モーガンも吹雪《ふぶき》も、チキンはもちろんのこと、肉類はいっさい食べない主義《しゅぎ》だ。

ベジタリアン、いわゆる菜食主義者《しゅぎしゃ》のためのメニューも、CIA《シーアイエー》では充実《じゅうじつ》している。

最近のアメリカでは、若者《わかもの》たちを中心にして「動物はフードではない。フレンドである」という思想が広がりつつある。

ここCIAでも、動物をいっさい食べない、日本の精進《しょうじん》料理に関心を寄《よ》せている学生たちが多い。

「お待たせいたしました」

モーガンの前には、きのこと野菜のリゾットが、吹雪の前には、カリフラワーと豆類のパスタが運ばれてきた。

前菜のサラダとスープのあとの、これがメイン料理だ。

「そういえば『仕事をめぐる愛と冒険《ぼうけん》』だったっけ？　あの作品はその後、快調《かいちょう》に進んでいるのかな」

モーガンから、そんな質問《しつもん》が飛んでくる。

吹雪は、フォークにくるくるパスタをからめながら、答える。

「うーん、ちょっと混迷状態《こんめいじょうたい》。書きたいことがたくさんあり過《す》ぎて、頭のなかがぐるぐる状態になっていて、五里霧中《ごりむちゅう》っていうか、霧《きり》のなかで、右往左往《うおうさおう》しているっていうか、自転車に乗っていながら、片手《かたて》でお皿をくるくる回しているっていうか」

「わあ、それは危険《きけん》な状態だ。自転車に乗っているときには、ちゃんと両手でハンドルを握《にぎ》っていなくちゃね」

「まあ、それは、そうなんだけど」

「どういうところで、つまずいているわけ?」

「うーん、なんだろう、つまり、今の日本の子どもたちに、仕事の意義《いぎ》、仕事のたいせつさ、仕事の素晴《すば》らしさを伝えたいんだけど、日本の子どもたちって、まず勉強でしょ、まず受験でしょ、塾通《じゅくがよ》いをして、いい成績《せいせき》を取って、大学進学でしょ。親も我《わ》が子《こ》のお受験には熱心だけど、仕事のことまでは考えていないような気がするし、つまり、私《わたし》が書いている作品が、のれんに腕押《うでお》しというか、馬《うま》の耳《みみ》に念仏《ねんぶつ》というか、豚《ぶた》に真珠《しんじゅ》というか、猫《ねこ》に小判《こばん》じゃないのか、って思えてしまって、それで暗中模索《あんちゅうもさく》状態っていうか」

きょうの吹雪《ふぶき》の発言には、ことわざと四字熟語《よじじゅくご》が多い。

自分のことばで表現《ひょうげん》できないから、ことわざと四字熟語に逃《に》げているのかもしれない。

困《こま》ったときのことわざと四字熟語頼《だの》み。

これは、作家のやるべきことではない。

「参考になるかどうか、わからないけど、僕《ぼく》が子どもだったころ、仕事について、どんなことを考えていたか、どんな経験《けいけん》があったか、話してみようか」

吹雪の顔がぱぁっと輝《かがや》く。

「わあ、話して、語って、教えて。ぜひ知りたい。アメリカの子どもと仕事の関係」

困ったときのモーちゃん頼み。

吹雪には、この手があったのだ。


モーガンは、話し始める。

吹雪は一心に、耳を傾《かたむ》けている。

ときどき脳内《のうない》の手帳にメモをする。

レストランでデートを楽しんでいるように見えるふたりは、いつのまにか、会社で業務《ぎょうむ》に励《はげ》んでいる同僚同士《どうりょうどうし》になっている。

「アメリカの子どもたちは、ごく早い時期から『仕事とは何か』について学ぶ、というか、教わるというか。親も、子どもには、ごく早い時期から、仕事を経験させようとしている。日本の進学塾《しんがくじゅく》みたいなものも、アメリカにはほとんどないしねー」

「ごく早い時期って、たとえば、どれくらいから」

「それは家庭によると思うけど、僕は小学校の低学年のころからだったかなぁ。家の庭の草取りをして、お金をもらっていた。あれは、仕事と言えば、仕事だった。つまり、体を動かして働いたら、それがお金になるっていう経験。ごみ袋《ぶくろ》一杯《ぱい》分が五ドルだったから、三つやれば十五ドルになった」

「なるほど、なるほど。テストで百点を取っても、おこづかいはもらえないけど、草取りという労働をすれば、ちゃんとお金がもらえるってことね。これが仕事の第一歩」

「そうだ。働いてお金を得《え》る。シンプルな仕組みだ。子どもは、労働はお金になる、ということを学ぶ。大人になったらどうやってお金を得ようか、と考えるようになる」

「いい勉強ねぇ。いわゆる社会勉強ってことね。単に、将来《しょうらい》は何になりたいって、あこがれているだけじゃなくて、それよりも前に、仕事の本質《ほんしつ》を知るということかしら」

吹雪《ふぶき》は思い出す。

「そういえば……」

カントリーロードを走っていると、道ばたに粗末《そまつ》なテーブルを置いて、小学生たちが、手作りのクッキーやレモネードを売っている光景を見かけることがある。

ダンボール紙に「車、洗《あら》います」と書いた看板《かんばん》を掲《かか》げて、停《と》まってくれた車の洗車《せんしゃ》をして、ドライバーたちからお金をもらっている中学生を見かけることもある。

「あれって、りっぱな仕事よね」

モーガンはうなずいた。

「学校や親や友だちからだけでは学べないことを、仕事は教えてくれるっていうことなんだろうな」

吹雪もうなずく。

「そういえば、ついこのあいだも……」

スーパーマーケットで買い物をしていたら、数人の小学生が買い物客ひとりひとりに声をかけて、寄付《きふ》を募《つの》っていたことがあった。

ああ、この子たちは、こんなに小さなころから、広報《こうほう》や宣伝《せんでん》や営業《えいぎょう》を学んでいるんだわ、などと、感心したものだった。

「で、草取りの続きはあるの」

「あるある。高校生になってからは、コンビニエンスストアでも働いたし、ビルの夜警《やけい》のアルバイトもしたし、あとは、画廊《がろう》でも働いたなぁ。画廊では、コンビニよりも、扱《あつか》うお金の金額《きんがく》が桁違《けたちが》いに大きい。詐欺師《さぎし》なんかもいる。にせものの絵を本物だと言って、売りつけようとする人とかね。そういうできごとに、どう対応《たいおう》すればいいか。どうすれば、犯《はん》罪《ざい》を防《ふせ》ぐことができるか。経営《けいえい》方法も、法律《ほうりつ》も、学ぶことができたよ。そういう経験《けいけん》が、あとあとになって、すごく役に立った」

「ものごとは、学校のなか、だけじゃなくて、学校の外、つまり、社会でこそ学べるってことよね」

「そういうことだ。井のなかのかわずは、井戸のなかのことしかわからないわけだから、外へ飛び出してみることが重要だ」

「そういえばアメリカでは、大学受験のときに提出《ていしゅつ》する書類にも、過去《かこ》の仕事経験についてて書くんだったよね。たとえアルバイトであったとしても、自己《じこ》アピールのために」

「そうそう、そうなんだよ。僕《ぼく》も書いたよ。就職《しゅうしょく》試験を受けるときにもね。重要なのは、学歴《がくれき》だけじゃなくて、仕事歴。仕事っていうのは、それがどんな仕事であっても、その人の人格《じんかく》形成や成長に欠かせない要素《ようそ》である、というような考え方が、アメリカ社会の根底に、あるんだと思う」

吹雪《ふぶき》はそこで「ちょっと待った!」と言って、フォークを置いた。

これは、脳内《のうない》メモだけでは済《す》ませておけない、と、思ったのだ。

バッグのなかからスマートフォンを取り出して、吹雪は小さなキーボードを打つ。

「食事中なのに、ごめんね」

謝《あやま》りながら、話の要点を素早《すばや》く打ちこんでおく。

キーワードだけをパタパタパタと、思《おも》い浮《う》かんだ順番に。

【労働はお金になる。社会勉強。人格形成と成長】——。

デートをしていても、食事を楽しんでいても、吹雪は仕事を忘《わす》れていない。

(1)作家の業務《ぎょうむ》には、初めも終わりもない。

(2)人生そのものが仕事。生活イコール業務。

(3)二十四時間、三百六十五日が仕事日。

これが、作家という仕事のトリセツ——取扱《とりあつかい》説明書に掲《かか》げられている、三本の柱なのである。

もしかしたら、作家の仕事には限《かぎ》らないのかもしれない。

どんな仕事にも、言えることなのかもしれない。

言ってしまえば、人は誰《だれ》もが、休暇《きゅうか》中にも仕事をしている、ということになる。

モーガンだって、仕事が休みの日だって、あしたの仕事のことを考えている。

私《わたし》だって、今もこうして、これから書く原稿《げんこう》のことを考えている。

会社で働いている人たちだって、会社の外でも、会社のことを考えている。

人生そのものが仕事。

それでいいではないか。

いや、だからこそ、私は仕事が好きなんだ、やりがいがあるんだと、吹雪は、習ったことを確認《かくにん》するかのようにそう思っている。


「お客さま、ほかにご注文はございませんか」

デザートを運んできてくれた女子学生に尋《たず》ねられて、モーガンは答えた。

「僕《ぼく》はこの、たんぽぽコーヒーをお願いします」

たんぽぽの根で淹《い》れたコーヒー。
これは最近のモーガンのお気に入りである。
「あ、私《わたし》も同じものを」
「かしこまりました」
注文を聞き取る。これは、彼女《かのじょ》の仕事。
たんぽぽコーヒーを淹れる。これは、厨房《ちゅうぼう》にいる学生の仕事。
たんぽぽコーヒーを運んでくる。これも、彼女の仕事。
たんぽぽ畑で、たんぽぽの根を収穫《しゅうかく》して、たんぽぽコーヒーの粉《こな》を作る。
これも、誰《だれ》かの仕事。
たんぽぽコーヒーの入っているカップを作る。
これは、陶芸家《とうげいか》の仕事。
仕事ってなんだろう。
吹雪《ふぶき》は静かに、自問自答する。
仕事とは、この世界を編《あ》み上《あ》げている毛糸のようなもの。
あるいは、毛糸のセーターの編み目のようなもの。

セーター一枚《まい》だって、実に多くの人たちの仕事によって、できあがっている。

今、自分の目の前にある世界は、誰かの仕事によって、作られている。

目に見えるものも、見えないものも、細かい部分も、全体像《ぜんたいぞう》も。

それから、岡たんぽぽの書いた作文——それは吹雪が書いた文章でもある——に出てきた一文を思い出す。


——世界は、仕事でできているのかもしれません。


さあ、家に帰ったら、ストーリー2を書こう。

ストーリー2は、1から一年後のお話を書こうと決めている。

霧《きり》のなかから抜《ぬ》け出《だ》して、自転車のハンドルを両手でしっかりと握《にぎ》って、いや、両手はキーボードの上に置いて、ピアノを弾《ひ》くようにして、作品の続きを書こう。

ストーリー2の、たんぽぽのパートを書こう。

# ママとたんぽぽ、取材中

もやもや、もわもわ、むくむく、ぼわーっ。
浮《う》かんできたり、消えたり、くっついたり、ちぎれたり、離《はな》れたり。
まるで、空に浮かんでいる雲みたい。
窓《まど》の外には、八月の終わりの空が広がっている。
色は水色。
ちょっとグレイも混《ま》じっているかな。
ブルーグレイの空。
でも、雲は浮かんでいない。
空全体が雲に覆《おお》われているような感じ。
さっきから、ふくらんだり、しぼんだりしているのは、わたしの心の空に浮かんでいる雲。

机《つくえ》の上に広げたレポート用紙は、まっ白け。

まだ一文字も書けていない。

頭のなかには、書きたいことがいっぱい、詰《つ》まっているはずなのに。

ああ、なさけない。

そこまで思ってから、これって、いつかどこかで感じたことのある思いだな、と、わたしは気づく。

ああ、そうだ、そうだった。

ちょうど一年前の今ごろ、机の上に作文用紙——今はレポート用紙だけど——を広げて、小六だったわたしは、みつばちみたいにブンブン、うなっていたのだった。

あれからちょうど一年。

あと一週間ほどで夏休みが終わってしまうというのに、夏休みの宿題のレポートが一文字も書けていない。

社会科の先生から出されたレポートの課題は「仕事ってなんだろう」——。

ほかの宿題——読書感想文と、観察日記と、数学のプリントは全部できあがっているのだけれど、このレポートだけがまだ白紙のまま。

なんとかしないといけない、と、気持ちだけはあせっている。

仕事ってなんだろう。

なんなんだろう、仕事って、なんなんなんだろう、仕事って。

このテーマには、実はものすごく大きな関心がある。

中学生になってから、それまでよりももっと、将来《しょうらい》つきたい仕事について、真剣《しんけん》に考えるようになっている。

のだけれど、きっと、だからこそ、心の空に浮《う》かんでいるこの雲を、つかみ取ることができないのだと思う。

つかめていないから、一行目を書き始めることができない。

もやもや、もわもわ、むくむく、ぼわーっ。

とってもおかしな話だけれど、もしもテーマにあんまり関心がなかったら、逆《ぎゃく》に、すらすら書けてしまうんじゃないか、なんて思ったりもする。

ごろごろごろごろ、ゴロゴロゴロリン。

遠くで、雷《かみなり》が鳴っている。

まだまだ音は小さいから、だいじょうぶだろう。

と、思った瞬間《しゅんかん》、ピカッとひらめいた。

稲妻《いなずま》ではない。

ひらめいたのは、アイディア。

そうだ、一年前、小学六年生だったわたしは、どんなことを思ったり、書いたりしていたのか。

あの作文は確《たし》か「わたしの夢《ゆめ》」っていうタイトルだったはず。

夢というタイトルを与《あた》えられて、わたしは自分がなりたいものについて書いた、という記《き》憶《おく》がある。

もしかしたら、あの作文が何かいいヒントになるかもしれない。

一年前の夏に書いた作文を、引き出しの奥《おく》の奥から引《ひ》っ張《ぱ》り出《だ》してみる。

読み始めてすぐに、くすくす笑い出してしまった。

こんなことを言ったら、過《か》去《こ》の自分がかわいそうだけど、正直なところ「ばかみたい！」って思ってしまった。

お店屋さんをオープンさせたいって、そんなこと、そんなにかんたんに、できるはずがないでしょ。

でも、ばかみたいだけれど、かわいいな、とも思った。

たった一年しか経《た》っていないのに、うんと年下の、かわいい妹が書いたような作文。

成長するって、こういうことなのかな。

なぁんて思いながら、笑いながら読み進めているうちに、わたしの目は、ある段落《だんらく》に釘《くぎ》づけになった。


――会社でかつやくしているママは、わたしのほこりです。働きながら、かんきょう問題のことをいつも考えているママを尊敬《そんけい》しています。ママにはたくさんの友だちがいて、みんなから尊敬されています。ママは、赤ちゃんを産んで仕事をするのがたいへんになった人を助ける、という仕事もしています。ボランティア活動で、動物の愛護《あいご》にもつとめています。わたしはそんなママをすごく尊敬しています。

これだ！　ここだ！　この人だ！

本当のひらめきがやってきた。

「仕事ってなんだろう」――このテーマについてレポートを書くために、ママの話を聞いてみよう。

かっこいい言い方を使えば、ママに取材をする。

灯台下暗《とうだいもとくら》しだった。

仕事について語れる人として、ママほど適《てき》している人はいない。

中学時代から英語が好きで得意《とくい》で、高校時代には交換留学制度《こうかんりゅうがくせいど》を利用して、アメリカのおうちにホームステイをさせてもらったことがあって、大学では英文学を専攻《せんこう》して、主にアメリカ文学の研究をしていた。

ママの好きな作家は、ヘミングウェイとサリンジャーと、ほかにも何人か。

今だって、暇《ひま》さえあれば、英語のペーパーバックでアメリカの小説を読んでいる。

村上春樹《むらかみはるき》の本だって英語で読む。

ママは日本の大学の三年生になる前に試験を受けて、アメリカの大学に編入学《へんにゅうがく》をした。

ここがサプライズなんだけど、文学部じゃなくて、経営《けいえい》学部に。

その後、アメリカで経営《けいえい》大学院まで進んで、卒業したあとはアメリカの会社で一年ほど働き、日本に帰国してから、食品メーカーの会社に就職《しゅうしょく》。

現在《げんざい》に至《いた》っている。

パパと別れてからは、ひとりで、わたしと兄を育ててくれた。

シングルマザーの家庭の子だからってことで、わたしたちに何か、不自由とか、不都合とか、いやな思いをさせるようなことも、いっさいなかった。

いつも陽気で、前向きで、楽観的で、さばさば、さっぱり、きっぱりしているママ。

だけれど、会社ではいろんな苦労もあったことだろう。

今もあるのかな。

あれ?

わたしは、自分で自分の思いに対して、ちょっとびっくりする。

今まで、ママの苦労なんて、考えたこともなかった。

「仕事ってなんだろう」って思ったとき、ふいに「苦労」っていうことばが浮《う》かんできた。

今夜、ママにじっくり話を聞いてみよう。

ママにとって、仕事って、なんなの。

毎日、楽しそうに働いているようだけど、もしかしたら、苦労なんかもあるの。

「あるわよ、そりゃあ、もちろん、苦労あるあるあるだよー。私《わたし》に一冊《さつ》、本を書けって言われたら『苦労のトリセツ決定版《ばん》』を書いてみせるよ」

「ええっ、そんなにあるんだ。本が書けるほど。じゃあ、こんなレポートなんて軽～く書けちゃうね」

晩《ばん》ごはんを食べながら、わたしはママに取材をしている。

兄はきのうから、友だちの家へ泊《と》まりがけで遊びに行っているから、ママと一対一で話ができる。

兄がいたら脱線《だっせん》してしまいそうな話を、今ならまっすぐに進めていける。

「具体的には、どんな苦労？」

今夜の献立《こんだて》は、ポテトサラダと、ブロッコリーとわかめの和《あ》え物《もの》と、きんぴらごぼうと、特大の卵焼《たまごや》きと、おむすびと、お味噌汁《みそしる》。

つまり、和風のおむすび定食。

ポテトサラダ――別名ホワイトサラダは、きのうのお昼に兄が作ったもの。

そのほかのものは、ママとわたしで手分けして作った。

左手におむすび、右手にペンを握《にぎ》って、わたしはママの話を聞いている。聞きながら、要点をメモしていく。

「日本の会社に入ったばかりのころは、セクシャルハラスメントが最大の苦労だった」

「いわゆる、セクハラ」

セクハラは今や、小学生でも、中学生でも知っていることば。

アメリカから上陸した英単語を縮《ちぢ》めて、日本ではセクハラと言っている。ハラスメントは「いやがらせ」で、セクシャルは「性的《せいてき》な」という意味。日本では圧倒的《あっとうてき》に、男性《だんせい》から女性《じょせい》に対してなされるケースが多いという。

「たとえば、女性社員の胸《むね》が大きいとか、おしりの形がいいとか、会社内で、そういう話を平気でする男性社員が昔は多かった。仕事をするために会社に来ているのに、いやでしょ、そんなこと言われたら。今ではもう、うちの会社では、そういうことを言う人は少なくなった。けど、パーティーとか宴会《えんかい》とかでは、いまだにいる。アメリカの会社で、そんなこと言ったら、即《そく》、左遷《させん》」

「サセンって?」

「ほかの部署《ぶしょ》に行かされること。解雇《かいこ》、つまり、会社を辞《や》めさせられることもある。次の会社でも、雇《やと》ってもらえなくなる」

「へえ、きびしいんだね、アメリカって」

「きびしいんじゃなくて、それが当たり前なの。セクハラは犯罪《はんざい》なんだって、たんぽぽちゃんも思っておくといい。要するに、許《ゆる》してはいけないこと。女性自身がまずそのことを認識《にんしき》しなくてはいけない。笑って済《す》ませてはだめ。笑って済ませるから、がまんしてしまうから、ますます犯罪がはびこる」

そうか、セクハラは犯罪なのか。

笑って許しては、だめなのか。

なんだか、ものすごい「社会勉強」というか「会社勉強」というか、学校ではとても学べないことを、ママから教えてもらっているような気がする。

ママの苦労は、セクハラにとどまらなかった。

エイジズム——年齢《ねんれい》差別。

男女差別。

人種差別。

社会のみならず、会社内にも、ありとあらゆる差別が存在《そんざい》している。

それらをひとつひとつ改善《かいぜん》していくことが、管理職《しょく》であるママの仕事でもあるという。

「人種差別って、会社のなかでもあるんだー」

「あるわよ。うちの会社では、外国籍《がいこくせき》の社員も積極的に雇《やと》ってるから。あの人は日本人じゃないから、こういうことができない、頼《たの》めない、任《まか》せられない。そういうのは人種差別。日本人として、じゃなくて、人として、非常《ひじょう》に恥《は》ずかしい行為《こうい》」

「エイジズムっていうのは」

「たとえば、四十代になったら、女性《じょせい》はもう女性じゃなくて、おばさんだって考えているような人、いるでしょ。むろん、心のなかでどう考えようと、それは人の勝手だよ。でも、会社内で、受付や秘書《ひしょ》や窓口業務《まどぐちぎょうむ》は、若《わか》くて美人じゃないとだめだなんて、そんなの、おかしいでしょ」

「おかしい、それは確《たし》かに……」

「こんな話、徹夜《てつや》をして話しても、話しきれないくらいよ。アナウンサーや客室乗務員《じょうむいん》が若い女性ばかり、なんてこと、少なくともアメリカではありえないことよ」

ふたりとも、一瞬《いっしゅん》、黙《だま》ってしまった。

ふーっ、日本の会社で働くって、大変なことなんだなぁ。

「大変なことよ。まず、そう思っておいて。まあ、最近では少しずつ、いい方向に進んでいるけれどね。私《わたし》の母の時代に比《くら》べたら、少しは進歩しているっていう気はする」

ママはそのあとに、わたしが思ってもみなかったことを言った。

「でも、こういう苦労にはね、苦労や問題を解決《かいけつ》していく喜《よろこ》びもある。部下の話をよく聞いて、何が問題なのか、どうすれば改善していけるのか、ひとつひとつ考えて、ひとつひとつ解決していく。それも私の仕事。私は会社で働くことが好きだから、苦労を苦労とも思わずにやっていける。苦労は私の財産《ざいさん》よ。苦労を乗《の》り越《こ》えたという喜びが得《え》られる。つまり、苦労も楽しい仕事のうち」

そうなのか、苦労も仕事の、しかも楽しい仕事のうち、なのか。

ふーっ、仕事って、仕事って、奥《おく》が深い。

日本は、社会における女性の活躍度《かつやくど》が、先進国のなかでは最下位なのだということも、ママに教えてもらって、初めて知った。

「日本人女性《じょせい》はね、健康、学歴《がくれき》、ともに、世界でもトップレベルなの。だけど、政治《せいじ》と経《けい》済《ざい》の分野における活躍《かつやく》が、悲しいくらい、低い。うちの会社でもまだまだ女性管理職《しょく》は少ない。アメリカだと逆《ぎゃく》に、女性管理職が多い会社もたくさんある。受付は男で、トップが女っていうような会社も珍《めずら》しくない」

「へええ、そうなんだ」

「このあいだ、海外出張《しゅっちょう》をして日本へ戻《もど》ってきたときにね、成田空港内で、こんな風景を目にしたの。ひとりの中年男性の上司が立っていて、その前に、若《わか》い女性たちが二十人くらいずらりと並《なら》んでいた。たぶん、新入社員の研修《けんしゅう》か何かだったんだと思うけど、ああいう風景は、アメリカでは絶対《ぜったい》に目にしない」

「じゃあ、アメリカではどんな風景？」

「若い女性が二十人じゃなくて、男女も年齢《ねんれい》も入《い》り混《ま》じっている。上司も男性じゃなくて、女性であることが多い」

わたしはふたたび「ふーっ」とため息。

楽しいだけが仕事じゃない。

おもしろいだけが仕事じゃない。

仕事にはさまざまな苦労があり、会社内には差別があり、格差《かくさ》があり、さまざまな障壁《しょうへき》がある。

今の日本の女性たちの置かれている状況《じょうきょう》を「ガラスの天井」と、呼《よ》んでいる人もいるという。

つまり、女性がどんなにがんばって上を目指そうとしても、そこには透明《とうめい》な天井があって、頭をガツンとぶつけてしまう。

男性優位《ゆうい》の社会、という天井だ。

男性にとっても、これは不都合な天井ではないだろうか。

まだまだ問題が山積みの日本の会社。

けれど、それらをひとつひとつ、改善《かいぜん》していくこともまた、仕事をする喜《よろこ》び。

「会社内の問題を解決《かいけつ》していくことによって、日本社会全体を良くしていくことだって、できるでしょ」

わたしはその夜、机《つくえ》に向かうと、一心にレポートを書いた。

仕事って、なんだろう。

会社で働くって、どういうことなんだろう。

ママの話を思い出しながら、わたしは、そのポイントを（1）から（5）までの五つに絞《しぼ》ってみた。

つまり、五つの問いかけを立てた。

（1）母のキャリア――なぜ、専攻《せんこう》を文学から経営学《けいえいがく》に変えたのか。
（2）会社で働く喜《よろこ》びとは？
（3）会社で働く苦労とは？
（4）日本の会社のかかえている問題とは？
（5）仕事ってなんだろう。

これらの五つの問いかけに対して、わたしなりの意見を書《か》き綴《つづ》った。

問いを投げかけて、それに対する答えを書く。

「まるで、取扱《とりあつかい》説明書みたいにね。私《わたし》たちも、いつも会社で書いている。お客様からよく受ける質問《しつもん》をリストアップして、それに対する答えを書いていく」
このやり方も、実はついさっき、ママから教えてもらった。

あとから、あとから、ことばがあふれてくる。
心のなかの雲はどこかへ行ってしまって、窓《まど》の外の夜空には星がきらめいている。
書くって、楽しいな。
人の話を聞いて、それをレポートにまとめるって、楽しいな。
中学生の仕事は宿題をすること。
だとすれば、仕事って、やっぱり楽しいな。
ふと、一年前に、兄に作文を読んでもらったことを思い出す。
このレポートも、兄に見てもらう？
ううん、そんなこと、わたしはもうしない。
わたしはわたし、兄は兄。
ふたりは、自立した、ふたりの人間。

# 独歩《どっぽ》と友だち、会議中

我輩《わがはい》は、じゃま猫《ねこ》ドッポである。

今、友人宅《ゆうじんたく》におじゃましている。

うん、いや、まあ、一応《いちおう》、招待《しょうたい》されて遊びに来ているのであるからして、それほど、じゃまではないはずである。

友人は、十歳《さい》年上のイラストレーターである。

名前は「井上章子《いのうえしょうこ》」という。

彼女《かのじょ》とは、夜間大学で知り合った。

夜間大学とは、社会人が働きながら通える大学で、学費《がくひ》は昼間の半分だが、カリキュラムや授業《じゅぎょう》は、昼間とまったくおんなじ、というお得《とく》な教育制度《せいど》なのである。

章子――と、ぼくは呼《よ》ばせてもらっている――は、昼間はデザイン事務所《じむしょ》でイラストの仕事をしていて、夜間は大学に通っている。

ぼくは、昼間は出版社《しゅっぱんしゃ》で雑用係《ざつようがかり》として働きながら、夜は大学生となって、芸術《げいじゅつ》を学んでいるのである。

どんな芸術なのかって。

それはあとでわかるので、しばし待たれよ。

話には、順番というものがあるのである。

起承転結《きしょうてんけつ》が重要である、と、夏目漱石《なつめそうせき》も『我輩は猫である』に書いているではないか。

うそうそ、そんなこと、どこにも書かれていないぞ。

高三のときに受験した三校には、我輩は、みごとに不合格《ふごうかく》と相成《あいな》った。

A大学の法学部、B大学の環境《かんきょう》科学部、C大学のコミュニケーション学部。

いずれからも、パチーンと弾《はじ》かれてしまった。

しかし、結果的にはこの不合格によって、新たなチャレンジの扉《とびら》が開けたわけだから、何が功を奏《そう》するか、わからないものである。

新たなチャレンジの扉とは――。

それは、ぼくが今、夜間大学のゼミで学んでいる「デザイン」なのである。

きっかけは、町角の掲示板《けいじばん》に貼《は》られていた一枚《まい》のポスターだった。

受験に失敗して、意気消沈《しょうちん》しているときに、そのポスターに出会った。

【アートプロジェクト＊キャットフェスティバル】

と題された催《もよお》し物《もの》の宣伝《せんでん》ポスターだったのだが、ひと目見て、ぼくはこのポスターに、
ノックアウトされてしまった。

いわゆる、ひとめ惚《ぼ》れである。

ふだんは、さまざまな情報《じょうほう》をインターネットで得《え》ている。

ぼくが見ているのはいつも、パソコンかスマートフォンの画面に出ている絵や写真やイラストだ。

けれどもそのとき、ぼくが見ていたのは、紙に印刷されたポスターであった。

なぜ、こんなにも、目も心も惹《ひ》かれるのか。うすっぺらな一枚の紙に。

この話を、大学で知り合ったばかりの章子にしてみたところ、彼女《かのじょ》は言った。

「それはね、デザインの力だよ、きっと」

「デザイン？」

「そう、同じ写真でもイラストでも、デザイナーがそれをどう組み合わせるか、どうデザインするかによって、まったく違《ちが》って見えてくる。デザインのマジックだよ。紙を選んだり、活字を選んだり、余白《よはく》に物を言わせたり、すべてデザイナーの仕事」

この発言を聞いて、頭の上で、切れていた電球に火が灯った。

大学では「総合芸術学部《そうごうげいじゅつ》」に在籍《ざいせき》していたが、ぼくは急きょ、専攻《せんこう》を「デザイン」に定めた。

ゼミにも参加することにした。

目の前に、デザイナーへの道が拓《ひら》けた瞬間《しゅんかん》だった。

「学《まなぶ》さん、ちょっと、そこにある爪楊枝《つまようじ》、取ってくれる？」

「あいよ」

章子は今、台所に立って、料理をしている。

串揚《くしあ》げか何かを作っているようだ。

学さんは、その隣《となり》で、素麺《そうめん》をゆでている。

学さんは章子のパートナーで、ふたりはいわゆる事実婚《じじつこん》をしているカップルである。

学さんだけはなぜか「さん付け」で呼《よ》ばれている。

彼《かれ》は絵本作家である。

今はまだそれだけでは食べていけないので、複数《ふくすう》のアルバイトをしている。

肉体労働もあれば、書類労働もある。

って、それって、どんな労働だ？

書類を集めたり、整理したり、処分《しょぶん》したり？

書類を作成したり、直したり、印字したり？

書類労働も、言ってしまえば、肉体労働ってことか。

まあ、それはいい。

理屈《りくつ》は脇《わき》へ置いておき、お呼ばれ猫《ねこ》のぼくは今、テーブルセッティングをしている。

テーブルの上に箸置《はしお》きを置いて、箸を置いて、紙ナプキンを置いて、フォークも置いて、
グラスを置いて、取り皿を置いて、置いて、置いて、並《なら》べる。

あ、ちゃんと、デザインして、置かなくちゃ。

「ええっと、これでいいでしょうか」

問いかけると、学さんが振《ふ》りむいて、

「パーフェクト！」

と、親指を立ててくれた。


十五分後、ぼくらはテーブルを囲《かこ》んで「素麺《そうめん》会議」を始める。

素麺会議、串揚《くしあ》げ付き。

いや、これは、打ち上げ花火大会かもしれないな。

テーブルのまんなかには、なす、人参、れんこん、里芋《さといも》、ズッキーニなど、各種野菜の串揚げが幼稚園児《ようちえんじ》みたいに並んでいる大皿と、ざるに上げられた素麺の大皿がドッカーン、ドッカーンと置かれている。

サラダは、トマトをぶつ切りにしただけの、まっかなサラダ。

これも大皿。

この家の晩餐《ばんさん》はいつだって、打ち上げ花火みたいなのである。

「ええっと、きょうの議題はなんだったっけ」

章子がミーティングの口火を切る。

「会社員とフリーランスの長所と弱点です」

と、ぼくは答える。

「おお、そうだった、そうだった。で、レポートはちゃんと書いてきたか」

学さんに言われて、ぼくはすかさず、そばに置いてあった紙の束をふたりに差し出す。

パソコンで書いたレポートを二部、印字して、持参してきた。

りっぱな書類労働だ。

「どれどれ、じゃあ、読ませてもらおうか」と、学さん。

「わあ、独歩《どっぽ》くん、相変わらず、字がおじょうずねー」と、章子。

そりゃあ、じょうずだよ、機械が書いたんだから。

章子は、冗談《じょうだん》を言うのが好きだ。


会社員として会社で仕事をすることの長所と弱点については、もちろん、我《わ》が母に取材をして、レポートをまとめた。

フリーランスで仕事をすることの――以下同様については、父と七実さんの話を聞きに行ってまとめた。

それらの要旨《ようし》をまとめたのが、我輩《わがはい》のレポートである。

(1) 会社員の長所
(2) 会社員の弱点
(3) フリーランスの長所
(4) フリーランスの弱点
(5) まとめ

五つの項目《こうもく》別にまとめた。

どうだ？　わかりやすいだろ？

って、自慢《じまん》している場合ではない。

「私《わたし》はね、組織《そしき》のなかで、チームの一員として、仕事をするのが好き。性《しょう》に合ってる。大学の学部を文学から経営《けいえい》に変えたのも、将来《しょうらい》は会社に入って、そこで組織の一員として働きながら、キャリアを積み上げていって、いつか、チームのまとめ役みたいな仕事をしたかったから。ひとりではできないことでも、チームならできるってことがある。互《たが》いに協力し合って、補完《ほかん》し合《あ》って、大きなプロジェクトを完成させていく。そういう仕事をしたかった」

それだけではない。

会社員には、年金、健康保険《ほけん》、福利厚生《こうせい》、退職金《たいしょくきん》など、さまざまなメリットがある。定時まできっちり働いて、それ以外の時間は、余暇《よか》を思いきり楽しむ、というような働き方もできる。

また、母の会社には「リフレッシュ休暇」なるものがあって、五年ごとに、三週間の休暇が与《あた》えられるそうだ。

育児休暇も、男女平等に取れるようになっている。

セクハラ、パワハラ、モラハラなどの相談室もある。

もっとも、最初からこうだったわけではなくて、母をはじめとする社員たちのたゆまぬ努力によって、会社側を説得《せっとく》することに成功し、このような制度《せいど》の導入《どうにゅう》が可能《かのう》になった、ということだった。

母の話をもとにして（1）と（2）をまとめ上げた。

もちろん、会社員の弱点も網羅《もうら》した。

人間関係の複雑《ふくざつ》さ、上下関係の大変さ、会社内での不平等や格差《かくさ》について、など。

（3）と（4）は、父と七実さんの話を聞いて、まとめ上げた。

「フリーランスの魅力《みりょく》は、会社に縛《しば》られないってことだね。自由を得《え》られるってことだ。好きなときに、好きなだけ仕事をして、自由に休みが取れる。しかし、サボっていても給料がもらえる会社員と違《ちが》って、フリーランスは、仕事をサボれば、そのツケはすべて自分に回ってくる。フリーで働くためには、自己《じこ》管理と自己責任《せきにん》が重要だ。つまり、自分で自分の上司になり、自分で自分の部下になるってことだ。仕事の中身がよほど好きで得意じゃないと、長続きはしないだろうな」

そして、ラストの（5）にはこう書いた。

仕事ってなんだろう。
その答えは、好きじゃないとやっていけないが、好きだけでもやっていけないこと。
一生をかけてやっていくこと。
仕事は、結婚《けっこん》に似《に》ている。

つまり、愛がないとやっていけないが、愛だけでもだめなのである。

愛にともなう責任《せきにん》、使命感、自己《じこ》管理、向上心が必要なのである。

自分のためにやっていることが、相手のためになり、家族のためになり、会社のためになり、社会のためになる。

これが仕事だ。

一流大学から一流企業《きぎょう》に進む。

これは、ひとつの仕事のやり方ではあるが、道はそれだけにあらず。

ひとつの会社に縛《しば》られるのではなくて、転職《てんしょく》を重ねながら、自分に合った会社を探《さが》す。

これもひとつの道。

安定と安心を求めて、同じ会社で働く「忠犬《ちゅうけん》ハチ公派《こうは》」——これもひとつの道。

自由と冒険《ぼうけん》を求めて、フリーで働く「自由きまま猫《ねこ》派」——これもひとつの道。

要は、仕事とは、自分で自分の道をクリエイトしていくということ。

仕事って、なんだろう。

それは「自分で作るもの」なのである。

仕事の中身も、仕事の場も、自分で作ればいいのである。

串揚《くしあ》げの最後の一個《こ》――れんこんを取り上げて、学さんは言った。

れんこんの穴《あな》は、衣でふさがっている。

「穴がない。よくまとめ上げてある。密度《みつど》が濃《こ》い。これはすごい。独歩《どっぽ》、文章もなかなかうまいじゃないか。いや、これ、お世辞じゃないよ。俺《おれ》が言いたかったことを、ここまで簡潔《かんけつ》に、びしっと言いきってくれるとは」

章子の頬《ほお》も、ほんのりピンクに染《そ》まっている。

「私《わたし》も感動したよ。説得力《せっとくりょく》があるし、論理的《ろんりてき》に書かれている。大学に提出《ていしゅつ》したら、間違《まちが》いなく『優《ゆう》』だね、これは」

我輩《わがはい》はじゃっかん、照れている。

いやーそこまで言われたら、穴があったら入りたく――なるわけないだろ。

ぼくは、顔を上げて、きっぱりと宣言《せんげん》した。

「だから、ぜひ、やりましょう。夢《ゆめ》を実現《じつげん》させましょう。ぼくらの計画を実行に移《うつ》しましょう」

学さんが言った。

「よっしゃ～やっちゃるで～」

いざというときには関西弁《かんさいべん》になる、大阪生まれの学さんである。

章子も右手を上げて、ガッツポーズをしている。

えいえいで下に二回下げ、オーで上にぐいっと上げる。

「えいえいオー」

これが章子流のガッツポーズである。

人生は冒険《ぼうけん》だ！

人生は愛だ！

章子、独歩《どっぽ》、学さん。

三人でいつか、自分たちの会社を作る！

仕事をめぐる愛と冒険。

章子と学さんが描《か》いたイラストや絵を、ぼくがデザインして、ポスターや広告《こうこく》や絵本を作る。

それを出版社《しゅっぱんしゃ》に売りこむ。

あるいは、自分たちで本を作って、ネットで販売《はんばい》する。

会社設立《せつりつ》のために、章子は法律《ほうりつ》を学び、学さんはアルバイトで人脈《じんみゃく》を作っている。

ぼくも昼間に出版社で働きながら、本の作り方、売り方を学び、夜は夜で、デザインの勉強をしている。

やろうと思えば、できないことはない。

これがぼくらの計画であり、夢《ゆめ》であり、新たなチャレンジの扉《とびら》なのである。

背後《はいご》でぎぃぃぃぃぃぃっと、ドアがあく音がして、この家の守護神《しゅごしん》めす猫《ねこ》――「不動明王《ふどうみょうおう》さま」こと、フーちゃんが姿《すがた》を現《あらわ》した。

すると、トントントンと、軽快《けいかい》な足音を立てて、もう一匹《ぴき》のおす猫――「モーレツ昼寝《ひるね》猫」こと、モーちゃんもやってきた。

人と猫がまざり合って、猫語と人語で話し合う、楽しい夜の会議は今、始まったばかりなのである。

ストーリー3

# なぜ仕事をするの

## 『幸せを作る仕事設《せっ》計《けい》図《ず》』

# 独《どく》立《りつ》独《どっ》歩《ぽ》オフィス

「よっしゃ〜やっちゃるで〜」

「えいえいオー」

人生は冒険《ぼうけん》だ！

人生は愛だ！

三人でいつか、自分たちの会社を作る！

我輩《わがはい》は回想猫《ねこ》である。

午後三時。

仕事の休憩《きゅうけい》をしながら、しみじみと、思い出している。

今からちょうど七年前の夏のガッツポーズと、三人の固い決意と結束を。

なつかしく、愛おしく、思い出している。

あれから、七年という歳月《さいげつ》が流れて、ぼくは二十五歳になった。

精神的《せいしんてき》にはまだ十代かもしれないが、少なくとも見た目は、二十五歳の青年なのではないかと自負している。

章子は三十五歳で、学さんは相変わらず、年齢不詳《ねんれいふしょう》の若《わか》いおじさんで、われわれ三人は力を合わせて、夢《ゆめ》という名前のふわふわした綿菓子《わたがし》を、少しずつ、少しずつ、固めていって、このごろではまあ、三時のおやつのこのパウンドケーキくらいには固くなっているのではないかと、思うのである。

正式な会社はまだ、作れていない。

しかしながら、その下地は着々《ちゃくちゃく》と固まってきている。

少なくともぼくには、そう思えている。

最近のぼくの口癖《くちぐせ》は「ああ、うん、一応《いちおう》」から「少なくともXXは」に変化している。

人間、七年も歳《とし》を重ねれば、なんらかの成長はあるのである。

ぼくらは、五年前に、この共同オフィスを開設《かいせつ》した。

学さんと章子の住んでいるマンションの、三階上にある3LDKの部屋である。

三つの部屋を三人それぞれの仕事部屋にして、リビング・ダイニングは、休憩《きゅうけい》や打ち合わせやミーティングなどのために使っている。

それぞれがフリーランスで仕事をしているわけだが、三人でいっしょに手がけた仕事の収入《しゅうにゅう》は、三人で均等《きんとう》に分けている。

それとは別個《べっこ》に、個人的に請け負《お》った仕事については、それぞれの収入にしている。

このごろでは、前者の仕事が多い。

狙《ねら》いどおりだ。

誰《だれ》かに仕事の依頼《いらい》が入ってくると、その機会に便乗して「これもできます。あれもできます」と、オフィスの宣伝《せんでん》をがんがんして、もっと大きな仕事を回してもらえるように持っていく。

これがわれわれのビジネス戦略《せんりゃく》なのである。

たとえば、章子にイラストの仕事が入ってきたら「デザインもできます。写真も撮《と》れます。文章も書けます。編集《へんしゅう》もできます」と、売りこみをかけていくわけだ。

成功率《せいこうりつ》は、きわめて高い。

当然のことながら、三人で仕事をすれば、ひとりでやるよりも、まとまったプロジェクトを手がけることができるので、これは一挙三得《いっきょさんとく》。

ここ数年、三人とも、家賃《やちん》や生活費《せいかつひ》はもとより、趣味《しゅみ》や旅行のためのお金も稼《かせ》げているし、少ないながら貯金《ちょきん》もできている。

三人で「会社設立《せつりつ》積立預金《よきん》」というのもやっている。

「ね、独歩《どっぽ》くん、それ、おいしい?」

仕事部屋から出てきた章子に尋《たず》ねられて、ぼくは親指を立てる。

「おいしいに決まってるでしょ!」

アーモンドとレーズン入りのこのパウンドケーキは、章子の手作りである。

「ちょっと焼《や》き過《す》ぎたかな。表面、焦《こ》げがしちゃった」

「いや、このお焦げがおいしいんだよ。色も形も最高です。お世辞じゃないです」

「お世辞じゃないけど、それって、愛想でしょ」

「あいっ、そう。ばれたか、あははははは」

「ブルーロータスのお茶、淹《い》れるけど、飲む?」

「いただきます」

章子はこのところ「花のお茶」に凝《こ》っている。

お湯を注ぐと、ガラスのポットのなかで、花がぱぁっと開くようになっているハーブティーだ。

味は淡白《たんぱく》だが、少なくとも見た目は、非常《ひじょう》に華《はな》やかなのである。

華やかな花のお茶をいただきながら、しばし、会話に花を咲《さ》かせる。

学さんは、外で打ち合わせがあって、外出中。

ぼくと章子は、朝から仕事部屋にこもって、どっぷり・がっつり・みっちり仕事に励《はげ》んだのである。

働けば働くほど、休憩《きゅうけい》時間は楽しくなる。

これだから、仕事は楽しい。

「きのうのシュークリームもまあまあ、成功したけど、あしたはエクレアに挑戦《ちょうせん》するつもり」

「じゃあ、ぼくは、このパウンドケーキをアレンジして、たとえばシトラス系《けい》のパウンドケーキなんか、作ってみようかな。レモンとオレンジと、あとはなんだろう。柚《ゆず》も混《ま》ぜてみるかな」

「最高！　シトラス系のパウンドケーキに合うお茶は？」

「やっぱり、ひなげしでしょう」

「スーパー最高！　これで午後三時の幸せが作れそう」


ある出版社《しゅっぱんしゃ》から請《う》け負《お》って、現在《げんざい》、われわれのオフィスで制作中《せいさくちゅう》のムックのタイトルは『幸せを作る午後三時のレシピ』という。

同じタイトルの紙の本と、ネットサイト版《ばん》の両方を作っている。

紙の本では、季節ごとに、お菓子《かし》やお茶の写真、イラスト、材料、作り方などを見開きでまとめていく。

ネットサイトの方では、素材《そざい》の五十音順にまとめて、検索《けんさく》しながら、使えるようなレシピ集にしていく。

何事においても研究熱心な章子は、必ず自分で実際《じっさい》にお菓子を作ってから、写真を撮《と》り、イラストを描《か》き、キャプションを書く。

ぼくの仕事はもちろん、デザインである。

デザインひとつで、イラストも写真も文章も生きてくる。

逆《ぎゃく》の言い方をすれば、デザインが下手だと、イラストも写真も文章も死んでしまう。

この作品においては、何よりもたいせつなのは、お菓子《かし》に対する愛だ。

お菓子愛がなければ、甘《あま》くておいしいデザインはできない。

甘くておいしいデザインをするために、ぼくも熱心に、お菓子作りをしている。

小学生のころから、家で料理をしてきたので、クッキングはお手の物。

ぼくを料理好きな男に育ててくれた母には、感謝《かんしゃ》あるのみである。

ついでに、妹にも感謝しておくか。

少なくともたんぽぽからは、少なくともデザート作りのコツを学ばせてもらったし。

「あのね、お兄ちゃん、お菓子作りは、計量カップとスプーンが主役だよ。分量をきちんと量ること、これが成功の秘訣《ひけつ》。大雑把《おおざっぱ》はだめ」——。

なるほど。感性《かんせい》や感覚に頼《たよ》り過《す》ぎるのは考え物ってことか。

ところで、このお菓子のムックを作り始めてから、われわれは毎日のように、ケーキやタルトを食べ続けているため、すっかり体重が増《ふ》えてしまった。

次の仕事は『幸せを作るダイエット作戦』を希望する。

『幸せを作る』は、シリーズ物の一巻《かん》なのである。

シリーズ全十巻を全部、わがオフィスに任《まか》せてもらえるようにするためにも、がんばらねば。


あ、電話が鳴っている。

サザンの曲だ。

ということは、キッチンのカウンターの上に置かれている章子のスマートフォンだ。

章子は涼《すず》やかな声で電話に出る。

夏場は涼やかに、冬場はあたたかく。

こんなささやかなことでも、ビジネスの成功に結びつく。

「はい、独歩《どっぽ》オフィスです!」

五年前に、三人で発足させた共同オフィスに、ふたりはぼくの名前を付けてくれたのである。

ふたりの提案《ていあん》に、ぼくはびっくりした。

「え、いいんですか」

「だって、かっこいいじゃない？」

「同感。井上オフィスよりも、学オフィスよりも、章子オフィスよりも、さまになってるぞ」

「ぼく、岡って苗字《みょうじ》なんだけど、岡オフィスってのも、いかがなものか、ですよね」

「独立独歩《どくりつどっぽ》のオフィスって、すてきじゃない？」

「すてき、ですか」

「三匹《びき》なのに、一匹《ぴき》おおかみって感じだな」

「最高よ、スーパー最高よ」

そこまで言われて、ぼくには反対する理由もなかったのであった。

「はい、あ、そうなんですか。それはどうもすみませんでした。以後、気をつけます」

かかってきた電話はどうやら、『幸せを作る』シリーズの出版社《しゅっぱんしゃ》の編集《へんしゅう》部員からのようだった。

見本として提出《ていしゅつ》したページに対するリクエストなどを、章子が聞き取って、メモをしている。

広告《こうこく》を出してくれているお菓子《かし》メーカーやケーキ店などからの、こまかい要望も、大きな希望も反映《はんえい》させないといけない。

この仕事の場合には、章子が写真とイラストを担当《たんとう》し、学さんが本文の文章を担当し、ぼくはデザインを担当している。

役割《やくわり》分担は、完璧《かんぺき》だと思っている。

しかしながら、打ち合わせや営業《えいぎょう》――独歩オフィスの仕事を取ってくるという重要な仕事で、外出することの多い学さんの時間が圧倒的《あっとうてき》に不足している。

ぼくも学さんを手伝いたいし、ときには手伝っている。

とはいえ、デザインというのはアンカーの仕事なので、終盤《しゅうばん》になってくると、ぼくもきりきり舞《ま》い状態《じょうたい》になる。

猫《ねこ》のフーちゃん、モーちゃんは手を貸《か》してくれない。

「あとひとり、ライターがいたら、いいんだけどなぁ……」

電話を終えて、章子はつぶやく。

同感だ。

三人の共同オフィスはそれなりに成功しているものの、メンバーが四人になって、もっとたくさんの仕事が効率的《こうりつてき》にできるようになったら、いよいよ会社設立《せつりつ》への第一歩を踏《ふ》み出《だ》せるかもしれない。

まずはフリーライターを雇用《こよう》して、信頼《しんらい》できそうだと見極めがついた段階《だんかい》で、専属《せんぞく》ライターになってもらえばいい。

何度か、ネットサイトに募集広告《ぼしゅうこうこく》を出してみたけれど、こちらの条件《じょうけん》に合うような人はまだ見つかっていない。

「いい人、いないかな」と、章子。

「そうだね、文章がうまくて、取材やインタビューが得意《とくい》な人がいたら、なおいいよね」

これが、なかなかいないのである。

インタビューがじょうずでも、文章がぐさぐさ——雑《ざつ》ってこと。

文章がじょうずでも、取材やインタビューがもたもた——しどろもどろってこと。

イラストやデザインは、オフィスにこもって孤独《こどく》に励《はげ》む仕事だが、取材やインタビューはオープンマインドで、人づきあいの得意な人じゃないと、うまく行かない。

外向的でありながらも、内向的であることが必要ってことなのか。

ぼくは、人づきあいにはまあまあ自信はあるし、文章を書くのもきらいではない。

のだけれど、それよりも何よりも、デザインの仕事時間を確保《かくほ》しておきたい。

どんな仕事でもそうだと思うが、仕事というのは一日、一日の努力の積み重ねなのである。

一日サボると、一日分、後退《こうたい》する。

デザインだって同じだ。

きょう、ひとつ仕上げたら、あしたはもっと、うまくできるようになりたい。

あさっては、もっともっと。

そう思って、少しでも時間ができたら、先輩《せんぱい》デザイナーの作品を研究している。

研究しながら、ぼくにしかできないデザインを確立していきたい。

ああ、体が三つくらい、ほしいものである。

そんなわけで、毎日、朝から晩《ばん》まで、締《し》め切《き》りが迫《せま》ってくると真夜中まで、ときには泊《と》まりがけで仕事をしている。

でも、楽しい。

楽しくて、楽しくて、たまらない。

母が言ったことは、真実だった。

好きな仕事であれば、苦労だって、楽しいのである。


一時期、つきあっていたガールフレンドから、尋《たず》ねられたことがあった。

「独歩《とっぽ》って、なぜ、そんなに仕事ばかりにどっぷり浸《つ》かってるの」

胸《むね》を張《は》って、ぼくは答えた。

「楽しいからだよ。楽しい仕事がぼくを幸せにしてくれるからだ」

「わたしとつきあってるだけじゃ、幸せにはなれないの」

そんなこと言われたって、困《こま》ってしまう。

仕事と彼女《かのじょ》を同列にして比《くら》べるなんて、不毛だ。

毛の抜《ぬ》けた猫《ねこ》だ。

気の抜けた気力だ。

デートもそっちのけで、仕事ばかりしているぼくのことが、彼女はいやになってしまったのだろう。

でも、仕事イコール、ある意味ではぼく自身、でもあるんだから、そこのところがいやだったら、それはぼくのことがいやだ、ということにもなるだろう。

「結婚《けっこん》したら、会社を辞《や》めて、独歩のために家庭をしっかり守りたいって思ってる」

そういう考え方や価値観《かちかん》にも、ぼくは同意できなかった。

ぼくは家事も普通《ふつう》にできるし、パートナーに家庭を守ってもらうんじゃなくて、ふたりで家庭を営《いとな》んでいきたい。

ふたり、それぞれに、好きな仕事をやりながら。

それがぼくにとっての理想のカップルだ。

そういう意味では、父と七実さんが非常《ひじょう》にいいお手本なのである。

ぼくは彼女に言った。

「結婚を、会社を辞める理由にするのは変だと思うよ」

「そうかな」

「そうだよ」

「それは、独歩が会社で働いていないから、言えることでしょ」

「そうかな」

「そうよ。会社で働くってことは、独歩《どっぽ》が考えているほど甘《あま》いものじゃないのよ」

「会社で働くことがいやだったら、そうじゃない働き方を見つけてほしい」

「だからわたしは結婚《けっこん》して……」

「逃《に》げ道としての結婚なんて不毛だよ」

そんなこんなで彼女《かのじょ》とは、残念ながら、別れてしまった。

仕事はぼくにとって、志事《しごと》でもある。

つまり、ぼくの意志、志《こころざし》を実現《じつげん》していくこと、それがぼくにとっての仕事なのである。

志事とは、今、目の前にある道を歩いていきながら、同時に、未来に歩くための道を作っていくこと。

仕事も志事も、幸せな人生の原動力と言っていいだろう。

ふたりが幸せに生きていくためには、ひとりとひとりがそれぞれに、幸せじゃなきゃだめなんだ。

いつかまた、どこかでふたたび会えることがあったなら、そしてそのとき、彼女のやっている仕事と彼女の生き方を、ぼくが尊敬《そんけい》できるようになったら――

# 吹雪《ふぶき》の会社大研究

ぼくが尊敬できるようになったら——

キーボードから手を離《はな》すと、吹雪はパソコンの前に座《すわ》ったまま、両手を自分のほっぺたに当てて、考えている。

さて、この続きをどう書こう。

別れたふたりをくっつけるのか、それともそんな機会は与《あた》えないのか。

それとも、再会《さいかい》して、今度はぞっこん惚《ほ》れ直《なお》した独歩に対して、彼女から「実はわたし、結婚しているの」と言わせてみるか。

などと、残酷《ざんこく》なことを考えながら、吹雪は「ああ、楽しい」と、頬《ほお》をゆるめる。

だから、この仕事が好きなんだ、と、ガスの元栓《もとせん》を確認《かくにん》するかのようにそう思う。

なぜ仕事をするの。
誰《だれ》かに問われたら、吹雪《ふぶき》はこう答える。
好きだから。
好きなことをしていれば、幸せな気持ちになれるから。
幸せになりたいから、だから仕事をする。
なんてシンプルなんだろう、と、吹雪は思う。

そういえば――。
そういえば、アメリカに来たばかりのころ、誰かと知り合ったとき、まっさきに訊《き》かれる質問《しつもん》はこれだった。

――What do you do?

「あなたは何をしていますか」
初めてこの質問を耳にしたとき、吹雪はとっさに、中学校で習った「現在形《げんざい》」を思い出

しながら、

「わたしはコーヒーを飲みます」

と、答えを返してしまったものだった。

相手は不思議そうな表情《ひょうじょう》をしている。

まるで、吹雪が発したジョークの意味が皆目《かいもく》わかりません、と言いたげに。

それから、にっこり笑って、質問の言《い》い換《か》えをしてくれた。

「あなたの仕事はなんですか」

やっと気づいた。

「What do you do?」は、仕事はなんなのか、を尋《たず》ねる疑問文《ぎもんぶん》であったのだと。

何をするのか、という質問がそのまま、あなたは何をして生きているのか、を意味している。

ということはつまり、それほどまでに、仕事をすることと生きることが密接《みっせつ》につながっている、ということだろう。

そう、人は生きていくために、仕事をするのだ。

そして、仕事をするために、生きるのだ。

デスクの上の置き時計に目をやると、午後三時。

ちょっと休憩《きゅうけい》しよう。

本日のおやつは、パンプキンパイ。

近所に住んでいる人が「うまく焼けたのでお裾分《すそわ》けに」と言って、届《とど》けてくれたもの。

かぼちゃのお菓子《かし》には、シナモン入りの紅茶《こうちゃ》が合う。

吹雪《ふぶき》は、小脇《こわき》に本をかかえて、一階へ降《お》りていく。

窓《まど》の外には小雪がちらついている。

「フラリー」と呼《よ》ばれている淡雪《あわゆき》。

雪の季節は長くて、ときどきうんざりするけれど、あたたかい家のなかから眺《なが》めているだけなら、雪景色はただひたすらに美しい。

吹雪は思う。

これって、作品のあり方に似《に》ている。

作家が苦労に苦労を重ねて、やっとのことで書き上げた作品を、あたたかい家のなかでのんびり読むだけなら、ただひたすらにおもしろい。

たとえ、不幸について書かれた作品であっても、読者はそれを読んで、楽しんで、最後は幸せな気持ちになれる。

それでいい。

作家の苦労はすべて、隠《かく》されているべきだ。

読者にとっては、できあがった作品がすべてなのだ。

これって、すべての仕事に言えることなのかもしれない。

吹雪は自分に言い聞かせる。

できあがった仕事がすべてなのだ。


お菓子とお茶で、ほんわか幸せ気分を味わいながら、吹雪は本を開いて読み始める。

たちまち気分は、会社気分に変化する。

『失敗しない会社の作り方と運営《うんえい》方法』――。

独歩《どっぽ》と章子と学さんに、なんとか、正式な会社を作らせてあげたい。

そのためにはまず、日本で会社を作るためには、どんなステップを踏《ふ》まなくてはならないのか、勉強する必要がある。

アメリカで会社を作る方法については、ゆうべ、暖炉《だんろ》の前でモーガンに取材をして、しっかりとインプットしてある。

吹雪《ふぶき》自身、これまで漠然《ばくぜん》とは理解《りかい》していたものの、細かいところは全部、任《まか》せきりにしていた「ふたりの会社」について、モー氏の講義《こうぎ》を聞かせてもらったのである。

長い話を簡単《かんたん》にまとめると、こうなる。

まず、吹雪とモーガンは、ふたつの会社を持っている。

ひとつは、サブチャプター・エス・コーポレーション、略《りゃく》して「Sコーポ《エス》」と呼《よ》ばれている、きわめて小さな会社で、これは株主《かぶぬし》が最高百人に限定《げんてい》されている会社だ。

つまり、モーガンと吹雪のふたりでも作れる会社だ。

吹雪が作品を書いて得《え》た収入《しゅうにゅう》はすべて、この会社で管理している。

小さいながらも株式会社になっていて、合計百株を、モーガンと吹雪が五十株ずつ持っている。

モーガンと吹雪はいずれも重役。

モーガンにはマネージャー、吹雪にはメンバーという肩書《かたが》きを付けた。

職名《しょくめい》や役職名は好きなように決めていいそうだ。

「この会社を作るノウハウは？」

「会社設立専門《せつりつせんもん》の弁護士《べんごし》を雇《やと》う。国税庁《こくぜいちょう》に依頼《いらい》して、会社の雇用主識別《こようぬししきべつ》番号を発行してもらう。その後、弁護士が『会社設立証明書《しょうめいしょ》』を作成してくれる。いたって簡単な手続きだったなぁ。許可《きょか》が下りたら、会社のロゴ、名刺《めいし》、会社の便箋《びんせん》を作った。あとは何をしたかなぁ。これで終わりだった気がするよ」

へえ、そんなに簡単だったのか。

吹雪は拍子《ひょうし》抜《ぬ》けしてしまった。

「このような会社を作るメリットは？」

「きみも知ってのとおり、第一のメリットは節税だね。たとえば、きみが小説を書くために、海外へ取材旅行に出かけたとする。仕事が目的の旅だから、その旅行費用《ひよう》は、会社の経費《けいひ》ということになって、税金がかからない。また、きみは家で仕事をしているから、この家の三分の一は、会社がわれわれから、オフィスとして借りていることになっている。したがって、オフィスの運営《うんえい》に必要な経費も、会社の経費として報告《ほうこく》できる」

なるほど、なるほど。

「たとえば、レストランで食事をしたとする。会社がなかったら、それはそのまま個人《こじん》が個人的《こじんてき》に使ったお金ということになる。仕事で必要だったと主張《しゅちょう》しても、ダークな部分が残る。しかし、会社があれば、仕事の打ち合わせをするためにレストランへ行ったと説明できるし、税務署《ぜいむしょ》もそれで納得《なっとく》する。じつにクリーンな税金対策《たいさく》だよ」

なるほど、なるほど、クリーンなのか。

今、自分が読んでいるこの本。

この本だって、これは個人の楽しみのための本というよりも、仕事に必要な本ということになって、本代は会社の必要経費《けいひ》に含《ふく》めることができる、というわけだ。

ほかにも、社会的信用を得《え》られる、個人の資産《しさん》をさまざまな訴訟《そしょう》から守れる、など、いくつかのメリットがあった。

「じゃあ、もうひとつの会社は?」

モーガンは、弁護士《べんごし》の仕事のかたわら、個人投資家《とうしか》として、不動産投資の仕事も手がけている。

こちらの仕事のために設立《せつりつ》した会社、というのがあるのである。

「LLC——Limited Liability Company の頭文字を取った名称《めいしょう》だ」

「リミテッド・ライアビリティ・カンパニー」

舌《した》を噛《か》みそうになりながらも、吹雪《ふぶき》はその名前を復唱《ふくしょう》した。

吹雪は今、テーブルの上に『失敗しない会社の作り方と運営《うんえい》方法』のあるページを広げて、ノートに要点を書き出している。

＊LLC——Limited Liability Company——「リミテッド・ライアビリティ・カンパニー」は、日本にも存在《そんざい》している。

＊日本では「合同会社」と呼《よ》ばれている。

＊二〇〇六年に会社法が施行《しこう》されたとき、アメリカから取り入れられた会社形態《けいたい》。

＊合同会社は、株主総会《かぶぬしそうかい》を開く必要がない。

＊合同会社の出資者《しゅっししゃ》は、経営者《けいえいしゃ》であり、役員でもある。

＊S《エス》コーポと同じように、個人の資産を訴訟から守れるので、不動産投資家に人気がある。

書き出しながら、ゆうべ聞いたモーガンの話を復習《ふくしゅう》している。

これが吹雪の仕事のやり方だ。

パソコンで検索《けんさく》して、出てきたサイトを画面で読むだけでは、何も頭に入ってこない。
紙の本で読んで、ノートに要点をまとめていく。
その過程《かてい》で、物事を理解《りかい》していく。
理解した上で、書く。
理解していないことは、書かない。
仕事をしていくためには、自分なりの方法論《ほうほうろん》が必要だ。
方法論は「ポリシー」と言《い》い換《か》えてもいいだろう。
ポリシーのない仕事は、ガスの抜《ぬ》けた炭酸《たんさん》飲料水のようなものなのだ。

よし、二階に上がって、続きを書こう。
独歩《どっぽ》たちには、いつか、きっと、合同会社を作らせてあげよう。
でもまだ、今は早いような気がする。
その話を書くとすれば、また別の作品がいいかもしれない。
その前にまず、能力《のうりょく》ばっちりの、フリーライターと、巡《めぐ》り合《あ》わせてあげなくちゃ。
階段《かいだん》を上がっていきながら、吹雪《ふぶき》は「アンパンマンのマーチ」を口ずさんでいる。

子どものころ、愛してやまなかった、正義《せいぎ》の味方、アンパンマン。
大人になってから、この歌詞《かし》には、深い意味があるのだと知った。
吹雪のいちばん好きな歌詞は、この二箇所《かしょ》だ。

なんのために　生まれて
なにをして　生きるのか
こたえられない　なんて
そんなのは　いやだ！

なにが君の　しあわせ
なにをして　よろこぶ
わからないまま　おわる
そんなのは　いやだ！

仕事部屋に戻《もど》ると、粉雪《こなゆき》が止んで、窓《まど》の外にはまっ青な空が広がっていた。

青と白のコントラストが目にまぶしい。

吹雪《ふぶき》は、書き始める。

机《つくえ》に向かって、一心にレポートを書いていた中一のたんぽぽ。

仕事って、なんだろう。

会社で働くって、どういうことなんだろう。

母から聞いた話を思い出しながら、ポイントを（1）から（5）までの五つに絞《しぼ》って、懸命《けんめい》にレポートを書いていた少女の七年後を。

七年後のたんぽぽを書いて、この作品を終わらせよう。

わたしは　書くために
生まれてきた
わたしは　文章を書いて
生きる
これが　わたしの喜《よろこ》びだ
これが　わたしの幸せだ

# たんぽぽのストラグル

家の近くにある公園のいちょうの葉っぱが少しずつ、少しずつ、色づいている。

十月の半ばの空は、優《やさ》しい水色に染《そ》まって、陽射《ひざ》しにも、空気にも、風にも、黄金の光のかけらが混《ま》じっている。

秋は、わたしの大好きな季節。

厳《きび》しい暑さに疲《つか》れていた体を、秋はそっと、柔《やわ》らかい毛布《もうふ》でくるんでくれるような気がする。

慰《なぐさ》められて、癒《いや》されて、冬に向かっていく元気が出てくる。

でも、今はだめだ。

ぜんぜん元気じゃない。

だめだった。

やっぱり、だめだった。

パソコンの画面をぐいっと、にらみつけるようにして、すみからすみまで見つめてみる。

何度、見ても、見つめても、わたしの受験番号は見つからない。

ない、ない、ない、ない。

ない、ということの圧倒的《あっとうてき》な存在感《そんざいかん》。

欠落感が、ここにある。

目の前にあるのは、小学校の教員採用《さいよう》試験の合格者《ごうかくしゃ》の受験番号。

もしも、これが一枚《まい》の紙だったら、くしゃくしゃに丸めて捨《す》てるか、それとも、びりびりにちぎって捨てるか、どちらかだろうなと思った。

いや、そんなことはしてはいけない。

たとえ不合格通知であっても、これは、ごみではない、と、思った。

紙はリサイクルしなくてはいけない。

それに、もしもこれをごみ扱《あつか》いにしてしまったら、これまで一生けんめいがんばって、努力してきた自分を、自分で否定《ひてい》してしまうことになる。

そんなのは、いやだ!

とりあえず、心の引き出しの奥《おく》に、しまっておこう。

二十歳《はたち》の思い出のひとつとして。

苦くても、からくても、わたしの生きてきた証《あかし》として。


高校を卒業したあと、四年制《ねんせい》の大学じゃなくて、二年制の短大に進学したのは、小学校の教師《きょうし》を目指していたから。

小学校の先生には、短大卒でも、試験に合格すれば、なれる。

早く社会に出て働きたい。自立したい。

そういう理由もあった。

でも、もっとも大きな理由は、子どもが好きで、子どもたちのためにできる仕事をしたいと思っていたから。

高校生だったとき、母の知り合いが経営《けいえい》する保育園《ほいくえん》で、短期間だったけど、アルバイトをさせてもらって、子どもたちのいる場所で働く楽しさに目覚めた。

もともと、人と接《せっ》する仕事、サービス業、たとえば、レストランやお店の経営などに、あこがれてきたわたしだけれど、その「人」が「子ども」だったら、なお楽しそうだし、やりがいもありそうだ、と、思うようになっていた。

短大では、児童教育学科に所属《しょぞく》していた。

心理学、教育学、保育《ほいく》・児童学、福祉学《ふくしがく》などをみっちりと勉強した。

そして、高校時代から得意《とくい》だった英語をさらに上達させるために、ネットサイトの英会話講座《こうざ》を受講し、英語力はしっかりと身につけた、つもりだった。

これ以外にも、環境《かんきょう》問題や動物愛護《あいご》にも大いなる関心があるので、学内では環境問題研究サークルに入って、ボランティア活動で、空き地に木を植えに行ったり、海岸や川べりでごみ拾いをしたり、また町内の活動として、保護猫《ほごねこ》の里親探《さが》しなどにも参加している。

六月に受けた一次試験には、合格《ごうかく》できた。

これは筆記試験だった。

次の関門は、二次試験。

八月の半ばに、論文提出《ろんぶんていしゅつ》とグループ面接《めんせつ》と個人《こじん》面接と模擬授業《もぎじゅぎょう》が実施《じっし》された。

わたしにとって、何よりも難関《なんかん》だったのは、グループ面接だった。

なぜか、個人面接よりも、グループ面接が苦手。

苦手意識《いしき》が強くて、不安と緊張《きんちょう》に負けて、空回りしてしまった。

不合格になったのは、そのせいではないかと思う。

五人がひとつのグループになって、七人くらいの試験官から向けられる質問《しつもん》に、順番に答えていく形式になっていた。

わたしの番がやってきて、わたしに向けられた最初の問いかけはこうだった。

「いじめ問題について、どう思いますか。責任《せきにん》は、家庭、学校、社会のどこにあると考えますか」

「学校です」

と、わたしは即答《そくとう》した。

むろん、家庭にも原因《げんいん》があり、社会にも原因はあるだろうと思っている。

けれど、現《げん》にいじめが起こっているのは学校内なのだ。

責任は、学校にあるに決まっているではないか。

あの答えが、良くなかったのだろうか。

学校を責《せ》めるようなことを言ったから、不合格？

今さら、悔《く》やんでも仕方のないことを、悔やんでしまう。

二番目の問いかけは、こうだった。

「どうして、この職業《しょくぎょう》につきたいと考えたのですか」

「子どもが好きだからです」

「環境《かんきょう》問題にもご関心があるみたいですが、そっちの方面のお仕事ではなく?」

「はい、子どもたちといっしょに、環境問題を考えていきたいと思っています」

三番目の質問《しつもん》は――。

「小学校から英語を授業《じゅぎょう》に取り入れることについて、どう考えますか」

「早過《はやす》ぎるのではないかと思っています。まず日本語でしっかりと物を考えることができ、考えを表現《ひょうげん》できるようになってから、英語を学ぶのが妥当《だとう》だとわたしは考えます。が、ことばになじむ、ということからすれば、遊び気分で英語とたわむれるくらいなら、小学生からでも楽しくて、いいんじゃないかなと思ったりもしますが、英会話だけなら、確《たし》かに早い年齢《ねんれい》から始めてもいいのかもしれませんが、学校での勉強は遅《おそ》くても……」

途中《とちゅう》から、何を言っているのか、言いたいのか、自分でもよくわからなくなってしまって、まさに悪戦苦闘《くとう》――英語で言うと「ストラグル」状態《じょうたい》に陥《おちい》ってしまった。

わたし自身が得意《とくい》で好きな英語の話題だったのに、好きで得意なだけに、いろいろと言いたいことが浮《う》かんできて、うまく話をまとめることができなかった。

きょうはいいお天気ですね、お元気ですか、どちらへお出かけですか。

そんな会話であれば、すらすらとしゃべれる。

英語でも日本語でも。

だけど、たとえば作家が「今、どんな作品を書いているのですか、テーマはなんですか」と問われたら、即答《そくとう》はできないのではないか。

深く頭を突《つ》っこんでいることだからこそ、簡単《かんたん》なことばで言いきってしまえないのではないか。


いつだったか、母が言っていたことばを思い出す。

好きじゃないと、いい仕事はできない。

でも、好きだけでも、いい仕事はできない。

兄も似《に》たようなことを言っていたっけ。

英語が好きだ。

でも、だからといって、英語を使う仕事となると、わたしはひるんでしまう。

通訳者《つうやくしゃ》も翻訳家《ほんやくか》も、わたしには無理。

文章を書くことが好きだ。

でも、作家は無理。

ノンフィクション作家も無理。

わたしは、わたし自身の能力《のうりょく》をよく把握《はあく》している。

人には、努力をしても、できないこと、というのはある。

自分を知る、ということも、仕事をしていく上ではたいせつなことだと思っている。

じゃあ、わたしにできる仕事とは。

小学校の先生。

これなら、イメージできる。

子どもが好きだ。

大好きだ。

自分の子どもがほしい、とはちっとも思わないのに、世界中の子どもたちが好きだ、という思いが強い。

子どもたちといっしょに、地球の未来について、環境《かんきょう》問題について考えたい。

夏休みが終わって、二学期が始まる前に自殺《じさつ》してしまう子が多い、という話を聞くたびに、わたしは泣いてしまう。

死にたくなるほど悩《なや》んでいる子どもたちが、SOSを発信できる大人、わたしはそういう教師《きょうし》になりたい。

教室で、子どもたちに授業《じゅぎょう》をしているわたしの姿《すがた》を、わたしは無理なく、思《おも》い浮《う》かべることができる。

学校の先生になるために、あと一年、がんばってみようか。

アルバイトか何かをしながら。

いろんな仕事を経験《けいけん》することだって、教師の仕事に役立つはずだ。

あきらめることは一秒でできるかもしれないけれど、あきらめたら、夢《ゆめ》は夢で終わってしまう。

そんなのは、いやだ！

夢に向かって進んでいく。

こつこつと、地道に、きょうはここまで、あしたはあそこまで、と、前向きに進んでいく。

それがわたしの『幸せを作る仕事設計図《せっけいず》』なのではないか。


日曜の午後三時。

兄の作ったココナッツケーキを切り分けて、アイスココアといっしょに食べながら、わたしはパソコンを立ち上げた。

母はきのうから関西に出張中《しゅっちょうちゅう》。

兄は日曜もオフィスへ行って、仕事をしている。

デザイナーはきっと、兄の天職《てんしょく》だったのだろう。

「ほら、ここところことをこう入《い》れ替《か》えるだけで、こんなにも違《ちが》った印象《いんしょう》になるんだ。これがデザインの醍醐味《だいごみ》だよ」

瞳《ひとみ》をきらきらさせながら、自分でデザインしたページを見せてくれたことがあった。

友人ふたりと共同オフィスを設立《せつりつ》してから、兄の仕事は、ますます軌道《きどう》に乗っているようだ。

わたしは、ブログの続きを書き始める。

半年ほど前から始めたブログのタイトルは『幸せを作る仕事設計図』——。

みなさん、こんにちは。

本日は残念な報告《ほうこく》をしなくてはなりません。

小学校の教員採用《さいよう》試験、みごとに、不合格《ふごうかく》!

あ、みごとなんて、書くべきじゃないね。

ある程度《ていど》、こうなることは予想していたんだけど、実際《じっさい》にそうなってみると、予想していたより、落《お》ち込《こ》んでまーす。

慰《なぐさ》めコメント、励《はげ》ましコメント、応援《おうえん》コメント、待ってます。

以上は前置き。

本日のメインテーマは、夏休みが終わって、新学期が始まる直前に自殺《じさつ》してしまう子どもたちが多いって話。

みなさんは、どう思いますか。

物質的《ぶっしつてき》にも、経済的《けいざいてき》にも、豊《ゆた》かだとされている、先進国日本で、自殺する子が多いなんて、信じられない話であるはずなのに、現実《げんじつ》ではそういうことが起こっています。

あと、日々《ひび》のごはんもろくに食べられない子がいたりする。

こういう事実から目をそらして、わたしたち、自分たちさえ良かったらそれでいい、みたいな考え方をしていて、いいのでしょうか。
なんてことを、このところずっと、考え続けています。
じゃあ、続きはまたあした。

書き終えた瞬間《しゅんかん》、メールが着信した。
差出人のアドレスは、独歩《どっぽ》オフィス。
でも、兄からじゃない。
兄といっしょに仕事をしている、イラストレーターの井上章子さんからだ。
メールを読み始めてすぐに、わたしの心臓《しんぞう》はどきどきしてきた。
メールには、こんなことが書かれていた。

岡たんぽぽ様
びっくりしないでください。

独歩くんが倒《たお》れてしまいました。学さんが救急《きゅうきゅう》病院へ連れていき、すぐに点滴《てんてき》をしてもらっています。過労《かろう》です。働《はたら》き過《す》ぎ。

ただの過労です、と、お医者さんは言っていて、本人も今は元気になっていますので、まずは安心してください。

ただ、独歩くんがきょうの午後、インタビューに行くことになっていた仕事が一件《けん》あって、そのピンチヒッターが見つかりません。

わたしが行けたらいいんだけど、わたしにも、夕方までに納品《のうひん》しないといけない仕事あり。

そこで、たんぽぽさんに行ってもらえないかと思います。独歩くんの推薦《すいせん》と希望です。

時間は、午後五時半から。

場所は、添付《てんぷ》ファイルをご覧《らん》ください。お店の名前は「ゴールデンロッド」と言います。仕事でときどきお世話になっているお店です。

インタビューの相手は、アメリカから日本に帰国中の作家、金森吹雪《ふぶき》さん。

詳細《しょうさい》は、添付《てんぷ》の企画書《きかくしょ》をご覧ください。彼女《かのじょ》のプロフィールも入っています。

むずかしいインタビューではありません。

テーマは「なぜ仕事をするの」――金森吹雪《ふぶき》さんからはすでにメールで簡単《かんたん》な回答をいただいており、インタビューはそのフォローとしておこなう、と考えてください。
では、OKの場合でも、NGの場合でも、すぐに返信をお願いします。

井上章子

すぐに返信した。
もちろん、OKに決まっている。
こういうとき、うだうだ迷《まよ》ったりしない、わたしはそういう性格《せいかく》の持ち主だ。
インタビューなんて、母にしか、したことがないけれど、やってみようじゃないの。
これは冒険《ぼうけん》だ。
これはチャレンジだ。
与《あた》えられたチャンスを生かさなくては。
もしかしたら、倒《たお》れた兄が与えてくれたチャンスなのかもしれない。
お兄ちゃん、引き受けたよ！

立ち上がって、てきぱきと、出かけるしたくをした。

インタビューも、インタビューして文章を書くのも初めてだけど、誰《だれ》だって、何をするときだって、最初は「初めて」に違《ちが》いない。

初めてがあるから、二度目があり、二度目があるから、三度目があるのだ。

これが仕事の設計図《せっけいず》であり、きっとわたしの未来地図にもなるのだろう。

本物の教師《きょうし》になるためには、なるまでに、いろんな社会経験《けいけん》をしておくことだって、重要なのではないか。

近道ばかりを選ぼうとしないで、遠回りをしてみることだって、必要なのではないか。

たとえば、遠回りをして歩いているとき、道ばたで咲《さ》いている、かわいいたんぽぽを見つけて、うれしくなったりすることだって、あるはず。


一時間後、わたしは、ブックカフェ「ゴールデンロッド」のドアをあけ、未知の領域《りょういき》へ新たな一歩を踏《ふ》み入《い》れた。

十分後、金森吹雪さんが姿《すがた》を現《あらわ》した。

添付《てんぷ》されていた資料《しりょう》によると「コムデギャルソンの華《はな》やか系《けい》ファッション」を好んでい

るということだったが、予想に反して、本日のファッションは、いたってシンプルでカジュアル。

ダメージジーンズに、野球帽《やきゅうぼう》に、黒地に青いライオンのプリントされたティーシャツに、ピンク色のスニーカー。

わたしは席から立ち上がって、彼女《かのじょ》にあいさつをする。

「初めまして。ライターを務《つと》めさせていただきます。岡たんぽぽと申します！」

# 巻《かん》末《まつ》付録

巻末付録作成　文研出版編集部

# 巻《かん》末《まつ》付録①

# 世《せ》界《かい》は仕事でできあがっている

## 誰《だれ》かの仕事に支《ささ》えられている私《わたし》たちの生活

たとえば、パン。農家の人たちが小麦を育てて収穫《しゅうかく》し、パン工場の人たちが小麦粉《こむぎこ》にしてパンを焼いて包装《ほうそう》し、配送業者の人たちが各店に配達をして初めて、パンは店頭に並《なら》びます。パンを包装するための袋《ふくろ》を作っている人たちもいますし、配達に必要な車を製造《せいぞう》している人たちもいます。お店では、パンを仕入れたり在庫《ざいこ》管理をしたりする人たちやレジで働く人たちもいます。

また、教師《きょうし》や医師《いし》などのように「品物ではないもの」を与《あた》えてくれる仕事もたくさんあります。このように、私たちの日々《ひび》の生活も、消費《しょうひ》したり所有したりしている製品《せいひん》も、すべては誰かの仕事によって成り立っています。

仕事とは、誰かが誰かを支え、誰かの役に立ち、誰かが誰かに支えられながら、人と人を、人と世界を密接《みっせつ》につないでいる、なくてはならない存在《そんざい》なのです。

以下《いか》の8つの物は、どんな人たちの仕事によってできあがっているでしょう。ふたつの答えのほかにも、さまざまな人々《ひとびと》が関《かか》わっています。考えてみましょう。

❶ 花壇《かだん》
・赤レンガを作る人
・土の肥料《ひりょう》を作る人

❷ 窓《まど》
・ガラスや窓枠《まどわく》を作る人
・カーテンを作る人

❸ 鉛筆《えんぴつ》
・木材を加工する人
・芯《しん》を作る人

❹ 消しゴム
・原料を作る人
・素材《そざい》を加工する人

❺ 作文用紙
・紙を作る人
・印刷する人

❻ 机《つくえ》
・デザインする人
・組み立てる人

❼ 洋服
・布地《ぬのじ》を作る人
・縫製《ほうせい》する人

❽ 国語辞典
・編集《へんしゅう》する人
・広報《こうほう》や宣伝《せんでん》をする人

## 会社や組織に所属しないで働く

働き方や仕事内容《ないよう》を自由に選べるため、好きな仕事に集中して取り組むことができます。働けば働くほど収入が増《ふ》える、という楽しみがあります。自己《じこ》管理能力《のうりょく》が重要で、自分で仕事を探《さが》したり、顧客《こきゃく》を増やしたりするための努力が必要です。

### フリーランス

会社に所属せず、個人《こじん》で仕事を請《う》け負って働く方法です。たとえば、デザイナーやプログラマー、ライターなどが多く、自分で仕事を探《さが》してきて、契約ごとに報酬《ほうしゅう》をもらいます。好きな時間帯や場所で働ける自由がありますが、仕事がないと収入もなくなるため、生活費《せいかつひ》を確保《かくほ》したり、貯金《ちょきん》をしたりしておきましょう。

本作では、独歩《どっぽ》、章子の働き方がこれにあたります。

### 自営業《じえいぎょう》

自分で事業を始めて、運営《うんえい》している働き方です。たとえば、小さなカフェを開いたり、ネットショップを運営したりする人がこれにあたります。お客さんやクライアントを自分で見つけて、売上を上げることで収入を得《え》ます。自分で事業を管理する必要があるので、責任《せきにん》は大きいですが、成功すれば多くの収入を得られる可能性《かのうせい》があります。

### 会社経営《けいえい》者

自分で会社や企業《きぎょう》を立ち上げ、ビジネスを運営する人のことです。自営業と似《に》ていますが、規模《きぼ》が大きいことが多く、他の人を雇ったり、投資《とうし》を受けたりして成長を目指します。たとえば、IT企業を作って新しいサービスを提供《ていきょう》する人などがこれにあたります。大きな成功を収《おさ》める可能性《かのうせい》がありますが、それにともなう責任も大きくなってきます。経験《けいけん》の積み重ねとたゆまぬ努力が求められるでしょう。

# いろいろな働き方を知ろう

## 会社や組織《そしき》に所属《しょぞく》して働《はたら》く

毎月の給料が決まっているので、収入《しゅうにゅう》が安定しやすいことが特徴《とくちょう》です。また、会社や組織が保険《ほけん》や年金などのサポートをしてくれることが多いです。一方、決められたルールに従《したが》う必要があるので、自分のやりたいことや働き方がそのルールに合わない場合は、自由が少ないと感じることもあるでしょう。

正規雇用《せいきこよう》

### 正社員

会社と長期間の契約《けいやく》を結ぶ働き方です。毎月決まった給料をもらい、安定した働き方ができます。また、福利厚生《こうせい》も充実《じゅうじつ》していることが多いです。

本作では、たんぽぽのママの働き方がこれにあたります。

非正規雇用《ひせいきこよう》

### 契約社員

正社員と同じように会社に雇《やと》われて働きますが、契約期間が決まっています。契約が終わった後、契約更新《こうしん》をすることもありますが、ほかの会社で働きたければ、新たなチャレンジも可能《かのう》になります。

### 派遣《はけん》社員

派遣《はけん》会社と契約を結び、派遣された会社で働きます。派遣の期間は決まっており、原則《げんそく》として、派遣先での仕事が終わると、次の仕事を探《さが》すことになります。給料は派遣会社から支払《しはら》われます。

### パート・アルバイト

契約社員と同じように会社に雇われて働きますが、複数《ふくすう》の会社での仕事を掛《か》け持ちすることもできます。1日4時間だけとか、週に3日だけ働くなど、比較《ひかく》的自由に働くことができます。

## 小手鞠《こでまり》るいの見たアイスランド

世界でいちばん男女格差の小さい国、アイスランドへ行ってきました。

2024年に世界経済フォーラムが発表したジェンダー・ギャップ指数によると、アイスランドは15年連続で世界第1位。日本は146カ国中118位と、下から数えたほうが早い、情《なさ》けない状態《じょうたい》。この違《ちが》いはどんなところにあるのだろうと、興味《きょうみ》を抱《だ》いたわたしは、この目でその実態《じったい》を見てみたいと思い、旅を計画したのです。

アイスランドの経済を支《ささ》えてきた（今も支《ささ》えている）漁業の現場《げんば》で働く女性《じょせい》たち。ある町のカフェに入ったとき、彼女《かのじょ》たちの業績《ぎょうせき》をたたえる写真が飾《かざ》られているのを目にしました。政治界《かい》、経済界のみならず、肉体労働の現場《げんば》でも、女性の活躍《かつやく》が目立っていました。

明らかな違いがありました。日本の町でよく見かけられる「幼《おさな》い子どもや赤ちゃん連れのお母さん」の姿《すがた》がほとんどありません。よく見かけたのは、子ども連れの「お母さんとお父さん」もしくは「お父さん」です。スーパーマーケットへ行っても女性よりも男性《だんせい》の姿が目立ちます。

それもそのはず、アイスランドでは2021年から、父親と母親がともに6カ月間ずつ、合計12カ月間の**育児休暇《きゅうか》を取得《しゅとく》するよう義務《ぎむ》付けている**のです。日本にも同様の優《すぐ》れた制度《せいど》はありますが、休暇を取らない男性が多いというのが現状《げんじょう》。また、アイスランドでは、2018年に改正された「男女平等法」によって、**男女の賃金《ちんぎん》を平等に支払《しはら》っていない会社には、罰金《ばっきん》が科せられる**ことになりました。そのほかにも、アイスランドの国会議員のおよそ半分が女性、上場企業《きぎょう》の役員のおよそ4割《わり》が女性。日本が見習うべき点は多々《たた》ありそうです。

世界幸福度ランキングでも、アイスランドは第3位、日本は第51位(2024年、国連持続可能《かのう》な開発ソリューションネットワークの発表)。この順位は、人々《ひとびと》が幸福に生きるためには、男女格差の改善《かいぜん》が欠かせないということを物語っているのではないでしょうか。男女差別のほかにも、年齢《ねんれい》差別、人種差別（外国籍《せき》の親のもとに生まれた人たちへの差別を含む）や障害《しょうがい》のある人たちへの差別などをなくして、住みやすい、働きやすい、幸せな日本社会を創《つく》っていきたいものです。

# 日本のジェンダー・ギャップ指数

## 日本のジェンダー・ギャップ指数とその課題

ストーリー2に出てきたジェンダー・ギャップ指数とは、男女のあいだにどれくらいの格差《かくさ》があるかをはかるための数値《すうち》です。毎年、世界の国々《くにぐに》のデータを集計して発表されるもので、「経済《けいざい》参画」「教育」「健康」「政治《せいじ》参画」の4つの分野で調べられます。数値が1に近いほど、男女が平等であることを意味しています。日本のスコアは0.663と低く、全体の順位は118位です。これは、主要7カ国（G7）の中では最下位です。また、1位のアイスランドは15年連続のトップで、スコアは0.935と、かなり高い数値です。

2024年の日本のジェンダー・ギャップ指数は、とくに「政治」と「経済」が低く、男女の格差が大きいことを示《しめ》しています。国会議員や会社のリーダーになる女性《じょせい》が少ないことが、日本のスコアを下げる要因《よういん》になっています。

これらの問題を解決《かいけつ》するために、政府《せいふ》や会社には、女性にとって働きやすい環境《かんきょう》を作る取り組みが求められています。

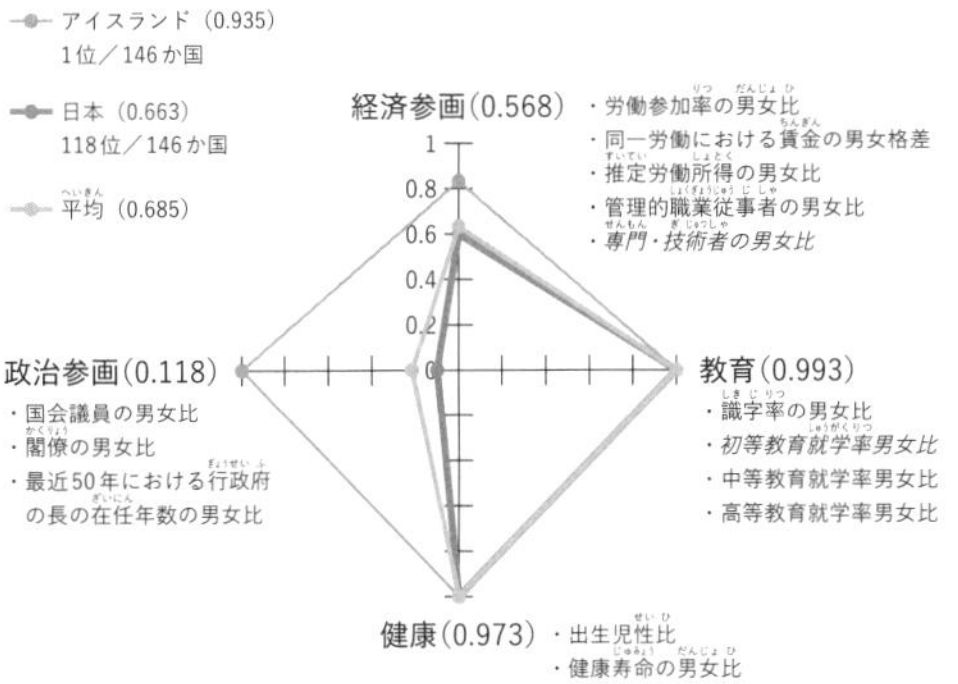


| 順位 | 国名 | 値 |
|---|---|---|
| 1 | アイスランド | 0.935 |
| 2 | フィンランド | 0.875 |
| 3 | ノルウェー | 0.875 |
| 4 | ニュージーランド | 0.835 |
| 5 | スウェーデン | 0.816 |
| 7 | ドイツ | 0.810 |
| 14 | 英国 | 0.789 |
| 22 | フランス | 0.781 |
| 36 | カナダ | 0.761 |
| 43 | アメリカ | 0.747 |
| 87 | イタリア | 0.703 |
| 94 | 韓国 | 0.696 |
| 106 | 中国 | 0.684 |
| 116 | バーレーン | 0.666 |
| 117 | ネパール | 0.664 |
| 118 | 日本 | 0.663 |
| 119 | コモロ | 0.663 |
| 120 | ブルキナファソ | 0.661 |

〈備考《びこう》〉1. 世界経済フォーラム「グローバル・ジェンダー・ギャップ報告書《ほうこくしょ》（2024）」より作成
2. 日本の数値がカウントされていない項目《こうもく》はイタリックで記載《きさい》
3. 分野別の順位：経済（120位）、教育（72位）、健康（58位）、政治（113位）

出典：内閣府《ないかくふ》ホームページ（https://www.gender.go.jp/international/int_syogaikoku/int_shihyo/index.html）「ジェンダー・ギャップ指数(GGI) 2024年」（内閣府）より抜粋《ばっすい》

この作品は書き下ろしのフィクションです。
作中に登場する人物は、実在する人物とは関係がありません。ストーリー3に出てくる『失敗しない会社の作り方と運営方法』は実在する書籍ではありません。

参考にした書籍は、以下の通りです。
中村真由美著『まるごとわかる！　会社設立と運営の教科書』ナツメ社
池上彰監修『なぜ僕らは働くのか　君が幸せになるために考えてほしいたいせつなこと』Gakken

**小手鞠るい**（こでまりるい）作者
1956年、岡山県生まれ。京都、東京などで暮らしたあと1992年に渡米。以後、ニューヨーク州の森の中で、詩や小説や児童文学を書いている。趣味は登山とランニングと庭仕事とお菓子作り。好きな動物は猫とライオン。星座は魚座。好きな食べ物はお好み焼きとピザ。行ってみたい国はチリ。人を驚かせる「サプライズ」が大好き。手紙を書くのも大好き。読者からのお手紙には、必ずお返事を書いています。

**ゆうこ** 画家
大阪府に生まれる。大阪府在住。イラストレーター。装画を中心に幅広いジャンルの作品を手がけている。趣味は鉱物収集。猫を2匹飼っている。最近はまっている休日の過ごし方は、歩いたことのない道を散歩してみること、お笑い鑑賞。水瓶座。好きな食べ物はチョコレートとお肉。子どもの頃から絵を描くことが好きですが、おばあちゃんになっても描き続けることが目標です。

デザイン　大岡喜直（next door design）
巻末付録作成　文研出版編集部

〈文研ステップノベル〉

**仕事をめぐる愛と冒険**

2025年3月30日　第1刷発行

作　者　小手鞠るい
画　家　ゆうこ
発行者　佐藤諭史
発行所　文研出版
〒113-0023　東京都文京区向丘2丁目3番10号
〒543-0052　大阪市天王寺区大道4丁目3番25号
代表 (06)6779-1531
児童書お問い合わせ (03)3814-5187
https://www.shinko-keirin.co.jp/

印刷所／製本所　株式会社太洋社



NDC 913　152p　19cm　四六判
ISBN978-4-580-82693-9

# 小手鞠るいの本

本書の
姉妹作

## お金たちの愛と冒険

小手鞠るい／作　　ゆうこ／絵

**お金の魅力と賢い使い方がわかる、**
**とびっきりおもしろい物語！**

お金って、なんだろう。お金って、増えるものなのかな。お金で買えないものって、あるのかな。あるとしたら、それはなんなのだろう。お金にまつわる謎がするする解けていく魔法の黄金ワールドへようこそ！